뛰어내리려는
여고생을 구해주면
어떻게 될까?
키시마 키라쿠
일러스트 / 쿠로 나마코
캐릭터 원안·만화 / 라탄

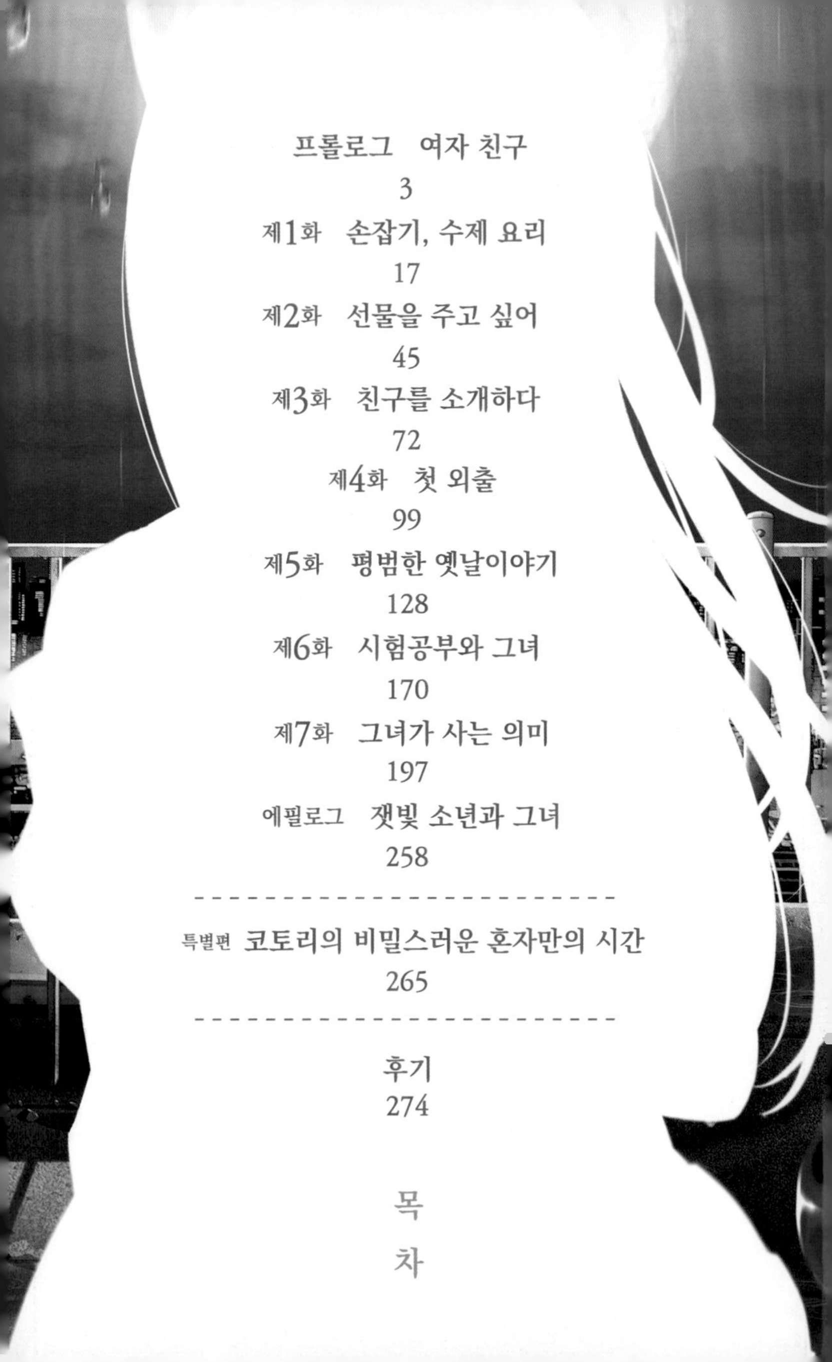

목
차

"정말로……
괜찮으니까요……"
하츠시로 코토리
건물에서 뛰어내리려다 유키에게
도움을 받은 흑발의 소녀. 어쩐지 삶을
포기한 듯한 모습인데……?

키시마 키라쿠
일러스트 / 쿠로 나마코
캐릭터 - 원안·만화 / 라탄
뛰어내리려는
여고생을 구해주면
어떻게 될까?

프롤로그 그녀

여자 친구가 갖고 싶다.
여자 친구가 갖고 싶어졌다.
여자 친구가 갖고 싶어진 것이다.

고등학교 2학년인 유키 유스케가 갑자기 그런 생각을 한 것은 이틀 전의 일이었다. 그전까지 그는 연애에 관련해서는 일체라고 해도 좋을 만큼 흥미가 없었다. 아니, 그보다는 그럴 상황이 아니었다고 보는 게 맞았다. 중학생 때 아버지를 여읜 유키는 아르바이트로 생활비를 벌고 있었고, 고등학교 수업료 전액 면제에 집세까지 지원받을 수 있는 특대생으로 항상 학년 성적 상위를 유지해야 했기 때문이다.

친구들이 떠드는 "ㅇㅇ는 학교의 아이돌이다"라든가, "ㅁㅁ 선배는 학교의 왕자님이다"라는 말에는 그럴 여유가 있어서 부럽네, 라고 자조하며 홀로 참고서를 보았고, 방과 후에는 생활을 위해 아르바이트를 하는 나날의 연속이었다.

그런 유키가 여자 친구를 갖고 싶다고 생각한 것은, 어느 늦은 밤 아르바이트에서 돌아오는 길에서였다.

평소처럼 낡은 아파트에 들어가 어두운 방에 불을 켜고, 목욕탕 온수기의 스위치를 켜고, 잠들기 전까지 어떤 과목을 공부할까 생각하며 편의점 도시락의 포장지를 벗기던 바로 그때였다.

"……여친 갖고 싶다."

정신을 차려보니 그런 말을 뱉고 있었다.

핫, 하고 정신을 차리고는 방금 자신이 한 말을 떠올렸다.

여자 친구를 갖고 싶어.

자신은 지금 여자 친구를 갖고 싶다고 말한 것이다.

"그, 그런가. 생각해 보면 당연한 얘기지만……."

유키 유스케는 또래의 아이들보다 금욕적인 편이긴 했으나, 그 역시 건전한 17살의 청년이었다. 평범하게 생각하면 여자 친구를 갖고 싶은 것은 당연한 이야기였다. 그도 사람이니까.

"이럴 수가…… 정말 여친이, 갖고 싶어졌어……."

머리를 감싸는 유키.

하지만 그런 생각을 했다고 해서 곧바로 여자 친구가 생기는 것도 아니다.

그렇게 생각하며 그날은 평소처럼 저녁을 먹고 목욕을 하고 공부를 하고 잠에 들었지만, 한 번 붙어버린 사춘기의 불씨는 계속해서 커져만 갔다.

다음 날도 하루 종일 아직 만나지도 못한 여자 친구와의 데이트나 이런저런 것들이 머릿속을 계속 맴돌았고, 기어

이 오늘 수학 시간에는

$(\cos\beta-\cos\alpha)2+(\sin\alpha-\sin\beta)2=$여친 갖고 싶어

라는 이해할 수 없는 새로운 계산식까지 만들어 버렸다. 드디어 맛이 갔다고 생각했다.

"대체 여친을 얼마나 원하는 거야……."

◇

아무튼.

그날도 아르바이트를 마치고 편의점 도시락을 손에 든 유키는 평소와 같은 길을 걷고 있었다. 하늘에서는 비가 내렸고, 그는 우산을 받쳐 들고 일본사를 암기했다.

"이에야스, 히데타다, 이에미츠, 이에츠나, 여친 갖고 싶어…… 가 아니지. 이에노부, 이에츠구, 요시무네, 여친 갖고 싶…… 아, 젠장!!"

5대째와 9대째 쇼군이 "도쿠가와 여친 갖고 싶어"가 되어버렸다. 이러다간 시험 볼 때 이름 대신 여친 갖고 싶어라는 말을 써버리는 날이 오는 건 아닐까? 대체 왜 이렇게 된 것인지…….

학교에서 몇 없는 친구 중 한 명이 그야말로 변태 같은 녀석인데, 그런 녀석이라도 이렇게까지 뇌가 핑크빛으로 물들어 있진 않을 것이다.

"아, 이거 진짜 큰일인데. 그리고 여친 갖고 싶어."

그렇게 말하며 머리 위를 올려다본 순간.

"응? 저게 뭐지?"

비 내리는 밤이라 정확하게 보이진 않았지만, 길 건너편에 있는 폐건물 옥상에 사람 그림자가 보이는 것 같았다.

"설마, 아니겠지."

하지만 그러면서도 혹시나, 이런 시간에, 이런 날씨에 정말 폐건물 옥상에 누군가 있는 거라면…… 그 목적은 하나밖에 없는 것 아닌가. 그런 생각이 들고 말았다.

"……칫."

유키는 폐건물의 계단을 오르기 시작했다.

◇

"우와. 진짜 있었잖아."

옥상에 도착한 유키가 그렇게 중얼거렸다.

허리 높이 정도 오는 옥상 난간 건너편에서 소녀가 한 명 서 있었다. 자세히 보니 근방에서 꽤 유명한 여학교 교복을 입고 있었다. 분명 빨간 리본은 고등학교 1학년이라고 반 애들이 말했던 것 같은데.

잠시 망설였지만, 여기까지 본 이상 이대로 돌아가면 분명 찜찜할 것이다. 그렇게 생각하고 말을 걸려던 그때, 소녀의 몸이 기울었다.

"진짜냐고!"

유키는 빠르게 아스팔트 바닥을 걷어차며 달려가 소녀의 몸을 껴안았다.

"우오오오오오오!"

양팔에 힘을 실어 소녀의 몸을 끌어올렸다.

중학교 때 운동부였던 덕분인지 아니면 소녀가 가벼워서인지는 모르겠으나, 쉽게 들어 올려진 몸은 난간을 넘어 유키와 함께 옥상 위 아스팔트 바닥으로 쓰러졌다.

"하아, 하아, 하아."

쿵쾅거리는 심장 소리를 들으며 그가 소녀에게 말했다.

"정말이지, 이게 대체 무슨 짓이냐고……."

그 말에 소녀가 고개를 들었다.

유키의 심장이 쿵쾅거리며 더 거세게 뛰었다.

(깜짝이야. 엄청난 미인이네.)

가련한 야마토 나데시코(일본의 전통적인 여성상을 나타내는 말)라는 말이 딱 어울리는 소녀였다. 고운 선을 가진 이목구비에 빗물에 젖어 허리까지 내려오는 검은 머리는 윤기가 흘렀다. 조금 전까지 팔 안에 있던 몸 역시 가냘팠지만 적당한 굴곡도 갖추고 있었다.

하지만 지금은 그런 걸 생각할 때가 아니었다.

"너, 죽을 생각이었어?"

유키가 그렇게 묻자 어깨를 흠칫 떤 소녀의 몸이 그대로 굳었다.

대답은 없었다. 하지만 굉장히 겁에 질렸다는 것만은 알겠다.

잠시 후 소녀가 천천히 고개를 끄덕였다.

하긴, 그렇게 몸을 내던졌는데. 유키는 작게 중얼거렸다.

"아무튼, 이럴 땐 어떡해야 하는 거지? 그건가? 부모나 경찰에……."

그렇게 말하며 핸드폰을 꺼내 들자 소녀가 유키의 셔츠 자락을 잡아당겼다.

그리고 입을 다문 채 작게 고개를 저어 보였다.

"아니, 그래도……."

유키는 개인이 자기 목숨을 어떻게 사용하든 자유라고 생각했지만, 눈앞에서 죽어버린다면 꿈자리가 사나울 것 같았다.

그럼에도 소녀는 작은, 정말 아주 작아서 기어들어 가는 것 같은 목소리로.

"그러지… 말아주세요……."

라고 말해왔다.

"아무리 그래도……."

유키에게도 그 말만 듣고 "네, 그런가요" 하고 떠날 수 없는 나름의 이유가 있었다.

"그 멍은 어쩌다 그런 거야?"

"……?!"

소녀가 핫, 하고 놀라며 자신의 어깨를 끌어안았다.

조금 전 끌어올렸을 때 교복 일부가 벗겨져서 아래쪽에 입고 있던 셔츠가 드러났다.

그리고 지금은 비가 와서, 피부에 달라붙은 셔츠로 인해 안쪽이 비치고 있었다.

본래라면 꽤나 매혹적인 장면이겠지만 그런 것을 신경 쓰지 못할 정도로 무언가가 눈에 들어왔다.

셔츠 위로 선명하게 드러난 멍과 흉터들.

유키는 예전에 운동을 했기 때문에 부상이나 상처를 늘 달고 살았다.

그래서 알았다.

저렇게 선명한 상처는 단순한 실수로 생겨나지 않는다.

의도적으로 가해진 폭력. 무엇보다 교복으로 가려지는 곳만 노린 듯한 흔적들을 보니 무슨 일이 있었는지 추측하는 건 어렵지 않았다.

"정말로… 괜찮으니까요……."

저런 눈빛으로 호소하는 상대를 무시하고 경찰에 넘기면 그건 그거대로 양심의 가책이었다.

(그렇다고 해서 이대로 내버려 둘 수도 없고 말이지…….)

"……하아, 알았어."

유키는 휴대폰을 다시 닫았다. 일단 진정시키는 게 먼저다.

"일단 우리 집으로 와."

"……네?"

소녀가 이상하다는 듯한 얼굴로 이쪽을 바라봤다.
"그대로 있으면 감기 걸릴 거 아냐."
자기가 말해놓고, 방금 죽으려고 했던 사람이 감기를 신경 쓸까? 같은 생각이 뒤늦게 들었다.

◇

유키가 사는 작은 집 안에 샤워 소리가 들려왔다.
"그러고 보니 집에 여자를 들인 건 처음이네."
하나 있는 방에 놓인 침대 위에 책상다리를 하고 앉은 유키가 혼잣말로 중얼거렸다.
"……씻게 해주셔서 감사해요."
조금 전까지 옥상에서 뛰어내리려던 소녀는 수건으로 길고 검은 머리카락을 닦으며 방으로 들어왔다. 옷은 유키가 빌려준 체육복을 입고 있었다. 유키는 키가 꽤 큰 편이어서 품이 남아돌았다.
그것과는 별개로, 목욕을 끝낸 소녀의 모습은 무심코 넋을 놓고 보게 되는 매력이 있었다.
소녀는 말없이 그대로 서 있었다.
아, 어디에 앉아야 할지 모르는 건가.
"그 의자에 앉으면 돼."
문득 깨달은 유키는 방에 하나 놓인 책상 의자를 가리켰다.

소녀는 작게 고개를 숙여 보이고는 의자에 앉았다.

움직임 하나하나가 진중하고 차분했다. 동작만으로도 성장 과정을 느낄 수 있을 정도였다.

"……."

"……."

소녀는 고개를 숙인 채 조용히 있었기에 방에는 적막이 내려앉았다.

이대로는 아무런 진전이 없을 것 같아 유키가 먼저 입을 열었다.

"나는 유키 유스케. 너는?"

유키의 물음에 살짝 놀란 듯한 소녀가 조그맣게 입을 열었다.

"……하츠시로 코토리."

소녀, 하츠시로는 사라질 것 같은 작은 목소리로 그렇게 말했다.

"하츠시로구나. 왜 그런 짓을 한 거야?"

"……."

그 말에 하츠시로는 질끈 눈을 감고 고개를 숙인 채 입을 다물어버렸다. 말을 뱉고 나서야 아차 싶었다. 스스로 생명을 내던질 정도의 일이라면 상당히 개인적인 부분일 것이다. 아까부터 유키가 무언가 물을 때마다 몸을 떠는 것을 보면 뭔가 사정이 있는 거겠지.

"아, 미안. 대답하고 싶지 않으면 안 해도……."

"……저는, 없으니까요."

"응?"

"저는… 살아 있을 의미가… 없으니까요……."

그렇게 말한 하츠시로의 눈에는 언뜻 봐도 무서울 정도로 차갑고, 바닥을 알 수 없는 어둠이 깃들어 있었다.

이거 정말 큰일인데. 이대로 놔두면 또 뛰어내릴 것 같아.

친구가 "죽는다는 말을 입에 달고 살지만 죽을 마음은 전혀 없는, 그저 관심받길 원하는 인종도 있어"라고 말하긴 했지만, 이 소녀는 바로 조금 전에 진심으로 몸을 내던지려고 했었다.

어쩌지. 어떻게든 막을 순 없을까? 솔직히 자신과 나이 차이도 별로 나지 않는 소녀가 죽는 건 아까웠다. 게다가 꽤 예쁘기까지 하고.

(아니 정말로, 진짜 예쁜 것 같은데.)

TV에 나오는 아이돌이나 여배우보다도 훨씬 예쁘다. 그런 생각을 하고 있던 탓인지, 정신을 차리고 보니 이런 말을 뱉고 있었다.

"그럼, 내 여친이 되어줘."

"……?"

하츠시로가 고개를 갸웃했다.

"음? 어라?"

유키는 그제서야 자신이 한 말을 깨달았다.

내가 지금 애한테 뭐라고 했지?

"아, 아니, 잠깐만. 아냐, 그게 아니라, 그거야. 살아 있을 의미가 없다고 하니까. 그래, 남친 같은 게 있으면 살 이유가 될까 해서. 나도 마침 엄청 여친을 갖고 싶었거든. 게다가 하츠시로는 완벽한 내 취향이기도…… 가 아니고, 뭔 소리야!!"

유키가 베개 위로 머리를 퍽퍽 내리쳤다.

"진짜 그런 거 아니야! 그런 목적으로 집에 들인 거 아니니까! 적어도 데려왔을 땐 아니었으니까!"

"데려왔을 때만…… 인 건가요?"

"네!! 죄송합니다!! 지금은 있습니다! 그야…… 너 엄청 귀엽잖아. 완전 내 취향에. 나도 여친 갖고 싶다고."

유키가 베개에 얼굴을 묻은 채 웅얼거리듯 말을 이었다.

"괜찮아. 나가도 돼. 여기엔 여친을 갖고 싶은 요괴 외계인이 살고 있으니까. 신변의 위협을 느끼잖아."

요괴인지 외계인인지 알 수 없는 생명체를 입에 담는 유키. 지나치게 흥분한 상태였다.

하지만.

"……후후."

하츠시로가 작게 웃었다.

처음 보여주는 그 미소에 유키의 심장이 빠르게 뛰었다.

하츠시로는 유키의 얼굴을 똑바로 바라보며 생각지도 못한 말을 입에 담았다.

"……좋아요."

"……어? 뭐라고?"

흔한 러브 코미디의 주인공 같은 대사를 내뱉고 마는 유키.

"……여친, 할게요."

유키는 본인이 제안했으면서도 사태를 파악하지 못하고, 그대로 정지했다.

"그 대신이라고 하긴 그렇지만, 잠시만 이곳에서 지내도 괜찮을까요?"

"어? 아아, 뭐. 사정도 있는 것 같고. 사귀는 사람이 집에 잠시 머무르는 건 별로 이상하지도 않으니까……. 아니, 근데."

유키가 물었다.

"정말 괜찮아? 우리 이제 막 만났는데."

"……네. 저는 달리 갈 곳도, 하고 싶은 것도 없으니까요. 유키 씨는 도와줬다는 이유로 무리한 걸 강요하지도 않으니 좋은 사람이라고 생각해요. 게다가……."

"게다가……?"

"……저어, 그렇게 솔직하게 '귀엽다'라던가 '취향'이라는 말을 해줘서…… 기뻤…… 으니까요."

그러면서 그녀는 두 손으로 얼굴을 가렸다. 가렸지만 이미 귀밑까지 빨개진 상태였다.

귀엽다, 진짜.

"……그렇게 되었으니, 잘 부탁드려요……. 남친 님."

"어, 으응. 나야말로 잘 부탁해……. 여친 님."
유키의 얼굴도 이미 새빨갛게 익어 있었다.

제1화 손잡기, 수제 요리

"……여기는."

하츠시로 코토리는 유키의 방에서 홀로 눈을 떴다.

시계를 보고 흠칫 놀랐다. 시각은 오후 1시. 게다가 오늘은 평일이다.

큰일이야, 완전히 지각이잖아.

『――――!! ――――!!』

그것을 인식한 순간 머릿속을 울리는 익숙한 노성.

"……읏, 윽."

숨이 막혔다. 가슴이 답답해.

무서워. 너무 무서워.

아무것도 하지 않았는데 눈가에 눈물이 맺혔다.

"……읏, 하아, 하아, 하아."

가슴을 누르며 호흡을 가다듬었다.

괜찮아. 괜찮아.

여긴 어제 만났던 남자애의 집이야. 그곳이 아냐.

떨리던 몸이 간신히 진정되자 하츠시로는 그대로 다시 이불 위로 쓰러지듯 누웠다.

몸이 납덩이처럼 무거웠다.

손가락 하나 까딱할 기운조차 없었다.

"아무래도, 피곤했나봐요……."

그제서야 자신이 계속 신경을 곤두세우고 있었다는 걸 깨달았다.

"……조금 더, 자도 괜찮겠죠."

응……. 괜찮을 거야.

여긴 안전할…… 테니까. 적어도 지금 학교에 있을 집주인은 상냥한 사람이다.

"하지만…… 그 전에."

하츠시로는 간신히 오른손을 들어 올려 자명종을 오후 4시로 맞췄다.

유키가 돌아왔을 때 마중을 나가지 않으면 실례가 될 테니.

게다가 어제 자신이 여자 친구가 되겠다고 했을 때, 유키는 굉장히 기뻐했다. 보는 사람도 같이 웃음이 날 정도로.

돌아왔을 때 마중을 나간다면 또 기뻐해줄지도 몰라.

"후후."

생각하니 또 웃음이 절로 나왔다.

조금 더 자자. 이렇게 느긋하게 다시 잠드는 게 얼마 만인지.

이불을 덮은 하츠시로는 천천히 눈을 감고 몸에서 힘을 뺐다.

◇

여자 친구가 생겼다.

여자 친구가 생겨버렸다.

여자 친구가 생겨버린 것이다.

말이 전부 따로 노는 것처럼 보이지만, 어쨌든 유키 유스케에게 여자 친구가 생겼다.

염원이 이뤄져서 속으로 날아갈 듯이 기뻐하던 유키는 문득, 한 가지 사실을 깨달았다.

그런데, 여친이 생기면 뭘 해야 되지?

지금까지 유키는 사춘기 소년으로서 심각한 의무 태만에 가까울 정도로 연애에 관심이 없었다.

최근 3일간 이어졌던 망상도 그저 어렴풋한 느낌으로, 대충 옆에 있는 여친(임시)이 자신과 행복한 분위기로 대충 뭔가를 하고 있다, 라는 추상적인 이미지에 가까웠다.

오전 수업 내내 그런 생각을 하며 고민했지만 역시 혼자만의 생각으로는 구체적인 이미지가 떠오르지 않았다. 결국 점심시간에 뒷자리에 있는 몇 안 되는 친구에게 물어보기로 했다.

"오타니. 세상의 커플들은 다들 뭘 하면서 지내지?"

"뭐? 너 뭐 잘못 먹었니?"

가차 없이 신랄한 대답을 내뱉은 이 사람은 오타니 쇼코.

빨간색 반테 안경을 쓴 풍채 좋은 여자아이다(예전에 "체격이 좋네"라고 했다가 "볼륨 있네"라고 말하라며 지적을 받은 적이 있었다).

생김새는 다소 날카로운 느낌이지만 자세히 보면 상당히 반듯했다. 아마 살만 조금 빼면 엄청난 미인이 되지 않을까.

참고로 한 글자 차이지만 모 이도류 메이저리그 선수(오타니 쇼헤이. 일본 국적의 야구 선수로 투수와 타자 실력이 모두 뛰어나 이도류라는 명칭으로 유명하다)와는 아무런 관련이 없다. 굳이 말하자면 학급 위원과 만화연구부를 겸하는 이도류이긴 했다.

"아니, 너 연애물 자주 그린다며. 잘 알고 있을까 싶어서."

"내가 그리는 건 남자끼리의 연애물인데 말이지."

"뭐?"

"그보다 뭐야. 여친이라도 생겼어?"

"어? 아……, 음. 뭐, 그렇게 됐어."

하츠시로의 사정도 있으니 숨길까도 생각했지만 이런 의논을 걸어놓고 숨기는 건 도리가 아닌 것 같았다.

그리고, 여자 친구가 생겼다는 사실을 자랑하고 싶을 나이이기도 했다.

절로 입가가 느슨해졌다.

"웃는 면상이 괴멸적으로 짜증 나."

얼굴이 상당히 풀어졌었나 보다. 또다시 신랄한 말을 듣고 말았다.

"그보다 너한테 여친이라. 그런 거엔 조금도 관심이 없다고 생각했는데. 어떤 애야?"

"어떤 애냐고?"

으음, 하는 소리와 함께 유키가 팔짱을 끼며 고개를 기울였다.

"대답하기가 애매해. 어제 처음 만났거든."

"뭐야 그게? 처음 만나자마자 그날 바로 사귀기로 했다는 뜻?"

어이없다는 듯이 오타니가 턱을 괸 채 한숨을 내쉬었다.

"뭐, 됐어. 너다운 것 같기도 하네. 그래서, 사귀면 뭘 어째야 하냐고?"

"아, 응. 맞아. 그거야. 솔직히 지금까지 아무런 관심이 없었으니까 아무것도 모르겠거든."

"그러네. 사귀는 사이라고 한다면 역시……."

"역시?"

"섹○ 아냐?"

"……여자로서의 부끄러움이 없는 거냐, 너는."

"없어."

즉답이다. 남자답다.

"너도 그렇게 수정란에서 태어난 건데 부끄러울 게 뭐 있어. 아니면 넌 하고 싶지 않은 거니?"

"아니, 그야 물론 하고 싶지만."

어쨌든 건전한 17세의 인간이었다.

"아무리 그래도 순서라는 게 있잖아……. 갑자기 그런 걸 하면 상대도 싫을 테고…… 게다가 남녀 사이에 그것만 있는 건 아닐 거 아냐? 그러니까, 이렇게, 좀 더 달달한 걸 하고 싶다고."

"흐음. 의외로 소녀 같네."

그런가? 자신 또래의 남자들은 전부 그렇고 그런 것만 생각하는 걸까?

"됐어. 그럼 일단 지금까지 내가 봤던 순정만화나 러브 코미디나 에○ 게임을 바탕으로 생각해 보자면."

마지막 말은 못 들은 걸로 하자. 유키와 친구들은 건전한 17살의 고등학생이다. 규정 준수.

"우선은 손을 잡는 거려나. 남자라면 여친이 해준 수제 요리도 인기가 많지."

"손잡기에, 수제 요리라……."

◇

"손잡기…… 수제 요리…… 손잡기…… 수제 요리……."

유키는 그런 말을 중얼거리며 귀갓길을 걸어갔다. 상당히 수상해 보였지만 오타니가 말한 것들이 머릿속에서 떠나질 않았다. 확실히 여친과 손을 잡는 것은 상당히 해보고 싶은 일이었다. 직접 만든 요리야 말할 것도 없다. 그렇다고 해도, 이걸 어떻게 하츠시로에게 부탁할까 하는 문제가 남아 있었다.

일단 사귀는 사이니까 편하게 말하면 될지도 모르겠지만, 아무래도 민망했다. 게다가 지낼 곳까지 빌려준 상황에서 그런 걸 부탁하면 강요하는 것 같지 않은가.

그런 생각을 하며 걸어가던 유키는 어느새 집 앞에 도착해 있었다.

"……손잡기…… 수제 요리……."

문고리를 돌려 현관문을 열었다.

"……아, 어서 오세요. 유키 씨."

"손잡기! 수제 요리!"

"네?"

"어? 아, 잠깐만. 방금 건 못 들은 걸로!"

오랫동안 듣지 못했던 말을 들은 탓인지, 유키는 다녀왔다는 말 대신 기세 좋게 큰 목소리로 엉뚱한 말을 뱉고 말았다.

◇

"아, 그래서 그렇게 된 거군요."

"네, 그렇게 된 겁니다."

유키는 주방 앞에 놓인 식탁에서 하츠시로와 마주 보고 앉아 있었다.

바로 전 현관에서 "모처럼 사귀기로 했으니 해보고 싶은 것"에 대해 입 밖에 내버렸으니, 괜히 부자연스럽게 둘러대기보단 솔직히 말하는 게 나을 것 같아 다 털어놓은 참이었다.

내 입으로 설명하자니 이건 이거대로 민망했다.

라는 생각을 하고 있는데.

"……잡아 볼까요?"

하츠시로가 그렇게 말했다.

"어?"

"……손, 잡아 볼까요?"

하츠시로는 그렇게 말하며 식탁 위로 오른손을 내밀었다.

"……어, 진짜 괜찮아?"

"네……. 유키 씨는 제 남친…이잖아요……."

스스로 뱉은 말이 부끄러운 것인지 얼굴을 붉히는 하츠시로. 여친의 반칙과도 같은 귀여움에 유키의 얼굴도 뜨거워졌다.

"그, 그럼. 실례할게……."

그렇게 말하며 유키가 조심스레 손을 뻗으려고 하자.

"앗, 저기."

하츠시로는 사라질 것 같은 작은 목소리로 말했다.

"……가능하면…… 상냥하게, 부탁드려요."

"아, 으응. 그럴게."

어제부터 눈치채긴 했지만, 하츠시로는 누군가가 그녀

에게 손을 뻗거나, 강한 어조로 말하면 과하게 겁을 먹는 경향이 있었다.

그러니 손을 잡을 때도 상냥하게 천천히.

"……좋았어."

다시 마음을 다잡고 손을 뻗었다.

유키는 식탁 한가운데에 손바닥을 위로 향하고 놓여 있는 하츠시로의 오른손을 바라봤다.

하얗고 작고 고운 손이었다. 유키처럼 힘줄도 없고 단단하지도 않았다.

유키는 다시 한번 하츠시로를 바라보았다. 아, 역시 이 소녀는 예쁘다. 곱고 반듯한 이목구비, 윤기 나는 긴 흑발, 가냘프지만 균형 잡힌 스타일. 하나하나가 품위 있고 우아했다.

눈매도 나쁘고 적당히 자른 머리에 하나하나가 다 엉성한 나와는 정반대여서, 그래서 더 끌렸다.

그래서, 만지는 것이 더 조심스러웠다.

그런 생각을 하며 뻗은 유키의 손이 하츠시로에게 닿기 직전.

유키는 깨달았다.

"……."

하츠시로는 눈을 감은 채 떨고 있었다.

평소에는 온화하고 상냥한 분위기였는데, 지금은 마치 벌을 두려워하는 작은 강아지 같았다.

이유는 알고 있다.

하츠시로가 입고 있는 여학교 교복 사이로 뚜렷하게 보이는 푸른 멍과 흉터.

어제도 봤던 생생한 폭력의 흔적이었다.

구체적으로 무슨 일이 있었는지는 알 수 없었지만, 어떤 식으로든 사람과 닿는 것이 무서운 거겠지.

유키가 작게 웃으며 들어 올린 손을 제자리로 가져갔다.

"고마워, 하츠시로."

"……네?"

고개를 든 하츠시로가 눈을 크게 뜨고 유키를 쳐다봤다.

"무서운 거지? 그런데도 손을 잡으려고 해 줘서 기뻐."

"그, 그런……."

하츠시로는 고개를 휘휘 저었다.

"……그럴 순 없어요. 재워주시는데…… 이 정도는……."

"무리하지 마. 네가 기쁘지 않으면 나도 의미가 없으니까."

하츠시로는 미안하다는 듯이 고개를 숙였다.

"……미안…해요. 아무리 해도, 사람이… 무서워서……. 유키 씨가 좋은 사람이라는 건 알고 있어요. 하지만……."

"괜찮아. 천천히, 조금씩 하면 돼."

유키는 그렇게 말하며 하츠시로에게 미소를 지어 보였다.

"그래도, 뭐. 역시 최종적으로는 꼬옥 안아보고 싶긴 해."

"……꼬옥, 이요?"

"그래. 양손으로 이렇게, 말이야."

그렇게 말한 유키가 두 팔을 벌려 침대 위에 있는 베개를 껴안았다.

그 모습을 본 하츠시로가 두 눈을 동그랗게 떠 보였다.

"……아, 이건 좀 깼나?"

"후후."

작게 웃는 하츠시로. 웃으니까 너무 귀엽잖아, 진짜. 그냥 지금 바로 껴안고 싶을 정도라고.

"……알겠어요. 시간이 좀 걸리겠지만 언젠가, 제 마음이 정리되면 부탁드려요……."

"그래."

"아, 대신이라고 하긴 좀 그렇지만, 요리는 조금 할 수 있으니까 만들어 볼게요."

"오, 정말?"

곧바로 반색하는 유키. 당연하다. 여자 친구의 수제 요리는 남자의 로망이다.

"아, 근데 이미 편의점 도시락을 사 왔는데."

"그럼 내일 아침이 되겠네요."

"그러게. 기대된다!!"

◇

다음 날 아침.

유키는 평소와 같이 아침 6시가 조금 안 된 시간에 일어났다.

자명종은 6시 정각으로 맞춰져 있었지만 습관이 밴 탓인지 알람을 듣고 깬 적은 별로 없었다. 기상과 취침은 나름대로 바른 편이라는 걸 스스로도 알고 있었다. 그러나 오늘은 그 어느 때보다도 활기차게 눈이 뜨였다.

"좋았어, 여친의 수제 요리다!"

기분은 소풍을 앞둔 초등학생.

하지만 정작 그 여친은 아직 자명종이 울리지 않은 탓인지 방바닥에 깔린 이불 위에서 자고 있었다.

이틀 전까지만 해도 하츠시로가 침대를 사용했는데 지금은 그녀의 제안으로 유키가 쓰고 있었다. 유키로서는 하츠시로가 썼으면 했지만, 아무리 괜찮다고 해도 하츠시로가 "집주인인 유키 씨가 사용하는 게 맞다"라며 극구 사양했던 것이다.

그럼 바로, 요리를 만들어달라고 해볼까!

"하츠시로, 좋은 아……."

하츠시로는 이불을 양손으로 꼭 쥔 채 몸을 웅크리고 자고 있었다. 표정은 딱딱하게 굳어서, 마치 무언가에 겁을 먹은 것 같았다.

"……죄송해요……, 엄마……."

눈을 감은 채 그녀가 작게 중얼거렸다.

"저…… 더 노력할게요. 그러…니까……."

"……괜찮아. 푹 쉬어도 돼."

유키는 그렇게 말하고는 자명종을 꺼두었다. 소리를 내지 않도록 조용히 학교 갈 준비를 마치고, 냉장고에서 어제 편의점에서 사 온 도시락을 꺼내 젓가락과 함께 식탁 위에 올려두었다.

그리고 노트를 한 장 뜯어서 메모를 적어놓았다.

"……다녀올게."

조그맣게 중얼거린 유키는 그대로 방을 나섰다.

◇

평소처럼 수업 시작 한 시간 전에 학교에 도착한 유키는 또다시 평소처럼 참고서를 펼쳐놓고 공부를 시작했다.

"여전히 열심이네."

반테 안경을 쓴, 아마 살을 빼면 미인일 오타니 쇼코였다.

"당연하지. 여유 부릴 틈은 없어."

유키는 5단계로 나눠진 특대생 등급 중에서도 가장 높은 SA 특대생이었다. SA 특대생은 학비와 시설유지 관리비는 물론이고 수학여행 보조금에 집세까지 지원받을 수 있었다. 부모의 원조를 전혀 기대할 수 없는 유키에게는 감사한 조건이었다. 하지만 SA 특대생은, 정기 시험 순위에서 항상 5위 이내에 들어야만 했다.

성적 유지를 위해서 나름 노력이 필요한 것이다.

"정말 대단하다니까."

오타니는 그렇게 말하고는 자리에 앉아 독서를 시작했다.
유키와 오타니는 언제나 교실에 1, 2등으로 도착한다. 그리고 수업이 시작될 때까지 유키는 묵묵히 참고서를 풀고, 오타니는 조용히 책을 읽는다.
기본적으로 그 시간 동안은 아무런 말도 오가지 않았는데, 오늘은 오타니 쪽에서 먼저 말을 걸어왔다.
"그래서, 잘됐어?"
"응?"
"어제 얘기했던 거."
"아아, 그거."
손잡기와 수제 요리.
"으음……, 아직. 어제는 못 했어."
"뭐야, 재미없게. 기껏 가르쳐줬더니."
"……우리한텐 우리만의 페이스가 있는 거야."
"만나자마자 고백한 주제에 말은 잘하네."
그 말에 유키는 아무런 대꾸를 할 수 없었다.
지금 생각하면 그때의 자신은 잠시 어떻게 됐던 것인지도 모른다.
그때.
교실 문이 힘차게 열리며 한 남학생이 뛰어 들어왔다.
후지이 료타. 유키의 몇 없는 친구 중 한 명으로, 2학년이면서 야구부의 에이스를 차지한 남자다.
사교성이 좋아 야구부에서도, 속한 반에서도 분위기 메

이커 같은 존재였다. 참고로 쇼기는 유키를 상대로 6수 만에 끝날 정도의 솜씨로, 모 프로기사(후지이 소타. 14살이라는 나이로 프로 데뷔를 한 일본 역대 최연소 쇼기 기사)와는 아무런 관련이 없다.

이 남자, 살짝 시끄럽다는 것만 제외하면 머리도 학년에서 순위 안에 드는 편이고, 얼굴도 교칙 때문에 화려한 스타일링을 할 수 없음에도 TV에 나오는 배우가 무색할 정도의 산뜻한 미남이고, 성격도 누구나 차별 없이 대하는 완벽한 남자였지만, 딱 한 가지 흠이 있었다.

"쇼코오오오오!"

대체 무슨 생각인 건지 오타니 쇼코에게 바보처럼 어프로치를 하고 있는 것이다. 아니 물론, 오타니는 대화하기 쉽고 똑 부러진 좋은 여자라고 생각하지만.

"오늘도 멋있구나! 나와 사귀어 줘!"

"아침부터 시끄러워. 닥치지 않으면 내 만화에서 더러운 아저씨랑 엮어버릴 거야."

"그런 신랄한 너도 멋있어!"

"저리 가."

바로 그 오타니는 저런 차디찬 대응을 하고 있었다.

고개를 저은 후지이가 어깨를 가볍게 으쓱하고는 유키 쪽을 바라봤다.

"이봐, 유키. 어째서 내 마음은 전해지지 않는 걸까? 이렇게나 뜨거운데."

"경박해 보여서 그런 거 아냐?"

그렇게 말한 유키가 오타니 쪽으로 시선을 돌렸다.

"경박하고, 시끄럽고, 배려심도 없으니까."

딱 잘라 단언하는 오타니. 이 녀석, 강한데.

유키가 후지이를 향해 물었다.

"후지이, 너라면 얼마든지 원하는 여자를 고를 수 있잖아. 그런데 왜 이렇게 딱 잘라 거절하는 녀석에게 계속 접근하는 건데."

"음? 어리석은 질문이네. 당연히 쇼코를 좋아하니까 그런 거지!"

후지이는 한 점 부끄러운 기색도 없이 시원스럽게 외쳤다. 이 녀석도 강하네.

"여자는 많아도 쇼코는 한 명뿐이야! 아니면 유키는 여친이 있어도 다른 여자랑 분위기가 좋아지면 여친이랑 헤어지거나 양다리라도 걸치겠다는 거야?"

"결단코, 난 네 여친이 아니야."

"내 머릿속에서는 이미 식장까지 예약이 끝났다고."

"신작은 야구부 에이스가 노숙자 아저씨들한테 ㅇ간 당하는 내용으로 해야겠어."

다시 멍청한 대화를 시작한 두 사람을 놔둔 채 유키는 작게 신음하며 팔짱을 꼈다.

"다른 여자는 많아도 쇼코는 한 명뿐……인가. 뭐, 하긴. 그 녀석 말고 다른 여자는 생각할 수 없으니까."

"어? 응? 뭐야 그 말은. 어, 진짜? 유키, 여친 생겼어?"

이래도 되나 싶을 정도로 눈을 크게 뜨고 놀라는 후지이. 잘생긴 얼굴이 한껏 망가져 있었다. 반 여자애들이 보면 울겠지.

후지이가 확인하듯 오타니에게 시선을 돌렸다.

"그래, 맞아. 놀랍게도 말이지."

"……진짜냐."

그렇게까지 놀랄 일이냐며 작게 투덜대는 유키. 오타니 때도 그랬지만, 아무래도 유키를 알고 있는 인물들에게는 어지간히도 충격적인 뉴스인 것 같았다.

후지이는 후, 하고 한숨을 내쉰 뒤 평소와 같은 미남으로 돌아왔다.

"차라리 잘됐어. 넌 좀 더 청춘을 즐기는 편이 좋을 것 같다고 생각한 참이야."

"응? 왜?"

"아니, 늘 스스로를 너무 옭아매는 것처럼 보였거든. 특대생 유지하기가 힘들다는 건 알고 있지만."

"그런가."

"그렇다고. 난 네가 노는 거 한 번도 본 적 없어."

입학하고 나서는 공부와 아르바이트에 집중하느라 바빴기에, 유키 자신에게 그런 자각은 별로 없었다.

"……근데 유키, 너 이제 야구는 안 하는 거야?"

유키는 머리를 살짝 긁적이고는 입을 열었다.

"뭐, 할 이유도 없고. 지금은 그럴 때가 아니야."

"그렇군……. 뭐 아무튼, 여친이랑은 사이좋게 지내라! 다음에 더블데이트 하자. 응? 쇼코!"

"죽어."

오타니에게 죽어라 따가운 시선을 받는 후지이였다.

하츠시로는 꿈을 꾸고 있었다.

꿈속에서 어린 자신이 울부짖고 있었다.

죄송해요, 죄송해요. 제가 멋대로 굴어서. 착한 아이가 될 테니까, 제발, 제발 그 사람을…….

하츠시로는 이불을 꼭 쥐었다.

이렇게 무언가로 몸을 덮고 있는 동안은 세상과 자신이 분리된 것 같아 조금 마음이 놓였다.

눈꺼풀을 살짝 들어 올리자 시계가 눈에 들어왔다.

순식간에 핏기가 가셨다. ——큰일 났다.

이미 시각은 오후 다섯 시. 유키에게 요리를 해주기로 약속했는데.

『————!! ————!!』

머릿속에 노성이 울렸다.

"……읏."

이불 속에서 몸을 움츠렸다.

실수를 하고 말았다. 죄책감이 머릿속을 빙글빙글 돌았다. 차라리 이대로 사라져 버리고 싶었다.

"그래도, 일어나야지……."

자신이 사라진다고 약속을 잊고 늦잠을 잤다는 사실까지 사라지는 건 아니었다.

몸을 일으키려는데 어제보다 더 몸이 무거웠다. 아무래도 사흘이 지나면서 지금까지 쌓인 피로가 몰려온 것 같았다.

어떻게든 일어나자 식탁 위에 편의점 도시락이 놓여 있는 것이 보였다. 나무젓가락도 얌전히 놓여 있다.

거기에는 노트를 잘라 써 놓은 메모가 함께 있었다.

『이 연어 도시락 완전 맛있으니까 추천!』

"……."

아……. 상냥하구나.

바로 전까지 술렁이던 마음이 차분해졌다.

"……잘 먹겠습니다."

하츠시로는 도시락 뚜껑을 열고 식사를 시작했다.

도시락은 평범한 공장 제품에 약간 차가웠지만, 한 입 먹을 때마다 가슴 안쪽이 따뜻해졌다.

"고마워요. 유키 씨."

그 온기에 눈물이 나올 것 같았다.

"……응, 맛있어."

오랜만에 음식을 맛있다고 생각하며 먹은 듯했다.

"나도, 유키 씨에게 뭔가 해줄 수 없을까……."
어제부터 계속 받기만 했다.
"……응."
하츠시로는 도시락을 다 먹고, 몸을 일으켜 주방으로 향했다.

◇

유키는 학교가 끝나면 바로 아르바이트를 하러 간다.
열심히 땀 흘리며 일을 마친 유키는 집으로 가는 길을 걷고 있었다.
시간은 벌써 오후 9시를 지나고 있었다.
아침 일찍 학교에 가서 공부하고 이 시간까지 아르바이트를 한 뒤 돌아가면 다시 공부를 하고 잠을 잔다. 평소와 같은 하루다.
"이렇게 보니까 나, 여태껏 공부랑 아르바이트밖에 안 했구나."
해야 할 일을 하고 있는 것뿐이니 불만스러운 것은 아니었지만, 후지이가 그렇게 말하는 것도 어쩐지 알 것 같았다.
"괜찮아! 지금의 난 여친이 있으니까!"
이제 청춘이 아니라고는 할 수 없다.
"뭐어, 아직 연인다운 건 아무것도 못 했지만. 이제부터

야, 이제부터…….”

그런 말을 중얼거리며 걷다 보니 아파트 앞에 도착했다. 계단을 올라가 현관문을 열었다.

“아, 어서 오세요. 유키 씨.”

“…….”

앞치마를 입고 긴 검은 머리를 포니테일로 정리한 하츠시로가 그를 반겼다.

어제도 그랬지만, 늘 돌아오면 어둡기만 했던 집에 불이 켜져 있다.

“……왜 그러세요?”

“아, 아아. 아니. 아무것도 아냐. 다녀왔어, 하츠시로.”

“……네. 그리고 유키 씨……, 오늘 아침엔 죄송했어요. 약속해놓고 늦잠을 자버려서.”

하츠시로가 가라앉은 목소리로 그렇게 말하며 고개를 푹 숙였다.

그 몸은 역시나 조금 떨리고 있었다. 애초에 유키가 자명종을 꺼둔 것이기에 화내고 말고 할 것도 없었다. 여기선 그냥 말하는 게 낫겠지.

“화 안 났으니까 고개 들어.”

“……정말인가요?”

“응.”

“……그렇, 군요. 유키 씨는, 그런 분이니까요…….”

“다음에 시간 있을 때 만들어주면 돼.”

"네. 준비됐으니 어서 들어오세요."

"음?"

유키는 시키는 대로 하츠시로의 뒤를 따라 주방이 있는 안쪽으로 들어갔다. 그러자 살짝 풍겨오는 육수 냄새.

……이, 이건.

설마……!

"냉장고에 있는 재료를 사용했어요. 제대로 된 건 못 만들었지만."

여친의 수제 요리 떴냐아아!!

마음속으로 승리의 포즈를 취하는 유키.

"앗! 무, 무슨 일인가요, 갑자기."

"아, 미안."

아무래도 마음속뿐만 아니라, 실제로도 승리의 포즈를 취했나보다.

하지만 어쩔 수 없지 않은가.

직접 만든 요리라고! 여친의!! 수제 요리라고!!

곧바로 유키는 손을 씻고 와서 식탁 앞에 책상다리로 앉았다.

메뉴는 우동 전골이었다.

"저기, 정말, 차린 게 없어서…… 죄송해요."

"아니아니! 완전, 기뻐!! 장난 아니게 기뻐!! 내 인생에서 기뻤던 일 베스트 3 안에 들어갈 정도야!"

그럼, 잘 먹겠습니다. 유키는 양손을 모아 인사를 마친 뒤 식사를 시작했다.

먼저 국물을 한 입 마셨다.

아, 맛있다.

뭐야, 이거. 내가 만들던 거랑 전혀 다르잖아.

아주 가끔 냉동면을 녹여서 적당히 소스를 들이부어 만든 남자 요리와는 차원이 다른 맛에 놀라움을 금치 못했다. 똑같은 냉동면을 써서 만들었을 텐데 왜 이렇게 다른 걸까. 들어간 재료들도 하나하나 전부 국물이 배어 있어 맛있었다.

……아, 스며든다. 가슴에 스며드는 맛이야.

이런 음식을 만들어주는 여자 친구가 있다는 행복을 되새기며 정신없이 우동을 흡입했다.

"……."

하츠시로는 불안한 얼굴로 그런 유키의 모습을 물끄러미 바라보고 있었다.

아아, 그렇지. 유키는 뒤늦게 깨달았다.

너무 맛있어서 나도 모르게 중요한 것을 잊고 있었다.

"너무 맛있어. 하츠시로, 고마워."

"……그, 그렇군요. 감사합니다. 기뻐……요."

그러면서 수줍은 듯이 얼굴을 붉혔다.

우오오, 귀여워.

유키는 그런 그녀를 보면서 머리를 포니테일로 묶고 앞치마를 두른 모습이 기절할 정도로 잘 어울린다는 사실을 새삼스럽게 깨달았다. 뭐지, 이 신혼 느낌은.

뇌가 행복하게 침식당하고 있다는 느낌이 강하게 들었다.

여친의 수제 요리 이벤트, 엄청나다. 이 정도일 줄은 몰랐다.

그리고 순식간에 다 먹어 버렸다.

"……마, 맛있었어. 솔직히 더 먹고 싶을 정도야."

"여, 역시 잘 드시네요……. 그래도 많이 만들었다고 생각했는데. 저, 재료는 있으니까 한 그릇 더 만들까요?"

"어? 괜찮아?"

만들어 놓은 게 남았다면 몰라도 다시 처음부터 만들게 하는 것은 좀 미안했다.

하지만…… 응, 역시 더 먹고 싶어. 이런 맛을 앞에 두고 스스로에게 거짓말을 하고 싶진 않았다.

"그럼, 한 그릇 더 부탁합니다."

"네."

그 순간, 유키가 하츠시로에게 그릇을 주려고 내민 손과 하츠시로가 그릇을 가져가기 위해 내민 손이 우연히 닿았다.

"……앗."

그리고, 누가 먼저라 할 것 없이 서로의 손바닥이 맞닿았다. 하츠시로의 부드러운 손의 감촉이 손바닥을 통해 전해졌다.

"……."

"……괜찮은, 거야?"

닿아있는 하츠시로의 손은 역시나 조금 떨리고 있었다.

유키는 손을 떼려고 했지만, 그 손을 하츠시로가 먼저 감싸 쥐었다.

깜짝 놀라 고개를 들어 하츠시로를 바라보았다.

"……무섭지 않다고 하면 거짓말이겠지만……."

하츠시로는 아까보다 더 붉어진 얼굴로 말했다.

"하지만 그 이상으로 기뻐요……."

"그렇구나……."

"……네, 그래요. 그러니, 조금만 더, 이대로……."

"아아."

"……."

"……."

정적이 주위로 고요하게 내려앉았다. 한편 유키의 속마음은 한마디로 말해서.

우오오오오오오오오오오.

같은 상태였다.

뭐야, 내 여친 너무 귀엽잖아. 드디어 손도 잡았고. 아아, 이대로 괜찮은 건가? 나 오늘 죽거나 하는 건 아니겠지?

그런 유키의 마음을 모르는 하츠시로는 잡은 손을 더욱 꼭 쥐었다. 그리고 기쁜 것인지 눈꼬리를 접으며 편안한 얼굴로 이렇게 중얼거렸다.

"……따뜻해."

우오오!!

하츠시로도 먹어
오물
아, 네
잘 먹겠습니다
후룩
탱글
맛있게 잘됐네요
방긋
응、귀여워
화악

제2화 선물을 주고 싶어

여자 친구가 너무 귀엽다.

여자 친구가 너무 귀여운 것이다.

여자 친구가 너무 귀여운 것이었다.

"……있잖아. 내 여친이 너무 귀여운데 어떡하지?"

"알 게 뭐야."

유키가 점심시간에 그런 말을 내뱉었더니 만화를 읽고 있던 오타니에게 일축당했다.

하지만 흥분한 유키는 거기서 멈추지 않았다.

"아니, 정말로. 이것 좀 보라니까."

그렇게 말한 유키가 가리킨 것은, 책상 위에 펼쳐진 도시락 통이었다.

계란말이, 우엉조림, 닭튀김, 채소볶음, 닭고기 소보로를 두른 밥까지. 흔한 메뉴지만 정성이 담긴 따뜻한 도시락이었다.

"맛있겠네."

"그 정도가 아니라니까! 진짜 위험하다니까, 이게!"

"……짜증 나."

오타니가 뭐라고 말한 것 같았지만 유키는 크게 신경 쓰지 않기로 했다.

참고로 이 도시락이 끝이 아니다. 처음 요리를 만들어 준 날부터 매일 같이 아침과 저녁 식사는 물론, 점심 도시락까지 하츠시로가 만들어주고 있었다. 덕분에 요 며칠 몸 상태는 최고조였다. 역시 편의점 도시락만으로는 영양이 치우쳐 있었던 거다.

오늘도 아르바이트를 끝내고 집에 가면 하츠시로가 불 켜진 집에서 따뜻한 음식을 만들어서 기다리고 있겠지.

"정말, 너무 고맙거든."

고마워서 어쩔 줄을 모르겠다.

"그래서 말이지, 답례로 뭔가 해주고 싶은데. 여자가 좋아할 만한 걸로."

"흐음, 그럼 선물이라도 하지 그래?"

그렇게 말하며 오타니가 읽고 있던 만화를 보여주었다.

섬세한 손길로 그려진 소녀 캐릭터가 남자 친구가 준 선물인 곰 인형을 행복한 얼굴로 껴안고 있었다.

"흠, 그렇군……."

확실히 여자아이는 귀여운 걸 아주 좋아한다고 들었다.

유키는 망상 속에서 만화의 여주인공을 하츠시로로 치환했다.

얼굴을 붉힌 채 인형을 건네받는다. 그리고.

『……감사합니다(인형을 꼭 껴안으며).』

"……죽을 만큼 귀엽잖아!"

"요즘 넌 죽을 만큼 짜증 나……."

◇

"인형을, 선물?"

"그래, 언제나 밥을 만들어 주니까 그 답례로."

그날 밤 유키는 저녁을 먹으며 곧바로 하츠시로에게 선물 이야기를 꺼냈다.

"아뇨, 그러면, 제가 너무 죄송해요……."

하지만 하츠시로는 고개를 가로저으며 그렇게 말했다.

"두 사람분의 식비를 대주시는데…… 이 이상 폐를 끼칠 수는 없어요."

"아니, 그런 건 신경 쓰지 말라니까. 그동안 쓰는 거 없이 알바랑 공부만 해서 그래도 모아둔 돈이 꽤 있어."

그 말 그대로, 지금부터 앞으로 반년 정도는 두 사람 몫의 식비와 관리비를 모두 내도 전혀 문제가 없을 정도였다.

하지만.

"……아니, 그래도…… 정말 괜찮아요. 저 같은 걸 위해서……."

그러면서 고개를 숙이는 하츠시로. 기뻐할 거라 생각했는데, 이렇게까지 사양할 줄은 몰랐다.

애초에 '나 같은 거'라고 했지만 하츠시로는 외모도 귀엽고 성격도 온화하고 상냥한 데다 이렇게 맛있는 음식도 매일 해준다.

참고로 오늘의 메뉴는 오므라이스다. 계란에 달달한 양념이 배어 있어서 굉장히 맛있다. 무한정 먹을 수 있을 것 같다. 그러니 고작 인형 한두 개, 아니 몇 개를 사줘도 손해 본다는 기분이 들지 않을 것 같은 훌륭한 여자인 것이다.

"아—, 그럼 이렇게 하자. 나중에 휴대폰 같은 걸로 갖고 싶은 걸 알아봐 줘. 그렇게 비싸지만 않다면 뭐든 괜찮으니까…… 가 아니라 휴대폰 없었던가."

맞다. 하츠시로는 요즘 같은 시대에도 불구하고 휴대폰을 갖고 있지 않았다. 듣기로는 집에 두고 온 것이 아니라 애초부터 없다는 것 같았다.

"내가 학교나 아르바이트 갈 동안 심심하지 않아?"

스스로 말하는 것도 좀 그렇지만 유키의 방은 살풍경하다고 할지, 어쨌든 놓인 물건이 적었다.

있는 건 참고서와 책상, 식탁뿐이고, 오락이라고 할 만한 것은 일절 없었다.

스마트폰으로 게임이나 웹서핑 같은 걸 하면 무료함도 달랠 수 있을 텐데.

"참고서를 빌려서 공부하고 있으니 괜찮아요."

"아무리 그래도, 참고서만으로는 지루하지 않겠어?"

"후후후, 유키 씨가 그런 말을 하는 건가요?"

"그렇게 물으면 할 말은 없긴 하네. 어째선지 오타니 녀석에게 『청춘잿빛남』이라는 말을 들은 적이 있으니까 말이야."

아무튼 자타가 공인할 정도로 공부와 아르바이트만 해온 지루한 인간인 것이다.

"그래도 뭐……, 지금은 잿빛까진 아니지 않을까. 돌아오면 너도 있고 말이야. 집에 왔을 때 누군가 있다는 건, 정말, 좋은 것 같아."

그렇게 말하며 살며시 하츠시로의 손을 잡았다.

하츠시로는 가는 손가락으로 내 손을 상냥하게 맞잡아 주었다.

처음 손을 잡은 날 이후, 하츠시로는 이렇게 손을 잡는 것까진 할 수 있게 되었다.

"……유키 씨."

"응?"

"……저도, 요리나 청소를 하면서 유키 씨가 돌아오길 기다리는 시간, 좋아해요."

"……그런가."

"……네."

(아 진짜!! 너무 착한 애잖아. 뭔가 기뻐할 만한 걸 해주고 싶어!)

유키는 마음속으로 외쳤다.

◇

"으음—."

다음 날.

유키는 학교에서 돌아오는 길에 근처 쇼핑몰 안에 있는 휴대폰 가게에 들렀다.

"으음. 하츠시로 걸 사주려고 오긴 했는데, 생각해 보니 미성년자가 사려면 부모의 동의가 필요하지."

그보다, 그녀가 우리 집에 온 지 일주일이 다 되어 가는데도 별다른 소동이 일어나지 않는 건 무슨 경우지? 부모님은 실종 신고 같은 것도 안 한 건가? 학교도 한동안 가지 않으면 문제가 될 텐데.

"아니, 애초에 기기 가격이나 통신비를 생각하면 하츠시로는 무조건 거절하겠지. 인형 하나에도 그런 반응이었으니."

착한 아이인 것은 훌륭하다만, 안타깝게도 지나치게 착한 것이 아닌가 하는 생각이 들었다. 조금은 고집을 부려도 좋을 텐데…….

"차라리 그냥 말없이 사버릴까? 아, 근데 그러면 미안함이 한계를 돌파해서 집에 있는 것도 미안해할 것 같단 말이지, 하츠시로는."

지금의 일상에 대한 감사를 전하고 싶긴 하지만 상대가 기뻐하지 않으면 의미가 없다.

그런 생각을 하면서 뭔가 좋은 것이 없을까 하고 쇼핑몰을 서성거리다가, 한 광고를 보고 유키의 발걸음이 멈췄다.

"……이거라면 괜찮을지도 모르겠네."

◇

"다녀왔어."

"어서 오세요, 유키 씨."

집에 돌아오니 언제나처럼 하츠시로가 맞이해 주었다.

"오늘은 드물게 아르바이트가 없다고 들었는데, 좀 늦으셨네요."

"아아, 좀 사 올 게 있어서."

하츠시로가 고개를 갸웃했다.

유키는 쇼핑백에서 장난감 매장에서 사 온 물건을 꺼내 들었다.

"……게임기, 인가요?"

"어. 옛날에 했던 작품의 리메이크가 나왔더라고. 어쩐지 그리운 느낌에 사버렸어. 뭐어, 공부도 한숨 돌리면서 하면 좋을 테니까. 그보다 밥 먼저 먹을까. 배고프다."

"아, 그러네요. 오늘은 생선구이예요."

하츠시로의 식단은 일식 중심이었다. 어쩐지 친정집 할머니를 떠올리게 하는 정성스러운 양념이 배어 있어서, 먹으면 안심이 된다.

오늘 저녁밥도 맛있었다.

◇

"자, 그럼 어디."

유키가 사 온 것은 본체인 PW4와 『성창전설 3(성검전설 패러디. 일본 스퀘어 에닉스사에서 발매된 액션 롤플레잉 게임 시리즈)』라는 게임 소프트였다.

한창 어린 시절에 친구 집에서 하던 게임으로, 꽤 즐겁게 플레이했던 기억이 있다.

유키는 그렇게 말하면서 모니터에 단자를 꽂았다.

참고로 이 모니터는 전에 오타니가 필요 없다고 반강제로 준 뒤, 쓸 일이 없어서 먼지만 쌓여가고 있던 물건이다.

"오. 됐다, 됐어."

오프닝 무비가 모니터에 떠올랐다.

하츠시로는 아마도 게임 자체를 별로 본 적이 없는 것인지, 굉장히 흥미롭다는 얼굴로 영상을 보고 있었다.

"……예쁘네요."

"그러게. 내가 예전에 했던 건 픽셀에다 캐릭터 목소리도 없었으니까. 요즘 기술의 발전은 정말 놀랍다니까."

뭐, 예전 픽셀 게임은 그 나름의 느낌이 있어서 또 좋지만.

유키가 컨트롤러를 손에 들었다.

"그럼 해볼까. 자, 하츠시로."

"……네?"

내가 내민 2인용 컨트롤러를 보고 눈을 깜빡거리는 하츠시로.

"이거, 두 명이 플레이 할 수 있거든. 이왕 사 온 거 같이 해주지 않을래?"

"……."

하츠시로가 조심스러운 움직임으로 컨트롤러에 손을 뻗었다. 마치 이런 것을 만져도 되나 고민하는 듯한 손길이었다.

"같이 하자. 하츠시로…… 응?"

"……네, 네."

되도록 부드러운 어조로 한 번 더 부탁하자, 하츠시로가 컨트롤러를 손에 들었다.

처음 느껴보는 감각에 살짝 당황하면서도 흥미롭다는 얼굴로 이리저리 살펴보는 모습이 무척이나 귀여웠다.

"자, 그럼 시작해볼까."

◇

결론부터 말하자면 하츠시로는 정말 완벽한 게임 초보자였다.

우선, A 버튼과 B 버튼의 기본 규칙을 몰랐다. 유키네 또래라면 A 버튼이 결정, B 버튼이 취소라는 것 정도는 누구나 알고 있었고 자연스럽게 손이 가는 것이 당연했지만, 하츠시로는 몇 번이나 착각하고는 "죄송해요, 죄송해요"라며 고개를 숙였다.

그런 이유로, 조작 자체도 심각하게 엉뚱했다.

지금도 전투 중인데 하츠시로가 고른 수인 캐릭터는 아무도 없는 곳에서 끊임없이 콤보를 휘두르고 있었다. 마치 이상한 약이라도 먹은 듯한 기행이었다.

"죄, 죄송해요, 유키 씨. 금방 갈게요! 그러니까—, 에잇!"

그렇게 말하며 과감하게 스틱과 함께 몸을 기울이는 하츠시로.

덕분에 하츠시로의 수인 캐릭터는 적과는 반대 방향으로 달려가 스테이지 끝인 바위 앞에서 전진하는 움직임을 계속 반복하게 되었다. 어디로 가려는 걸까. 호○와트?

"후우, 위험했다. 어떻게든 쓰러뜨렸어."

유키가 홀로 간신히 적을 무찔렀다. HP는 붉은색이었다.

"이쯤 오니까 적도 만만치 않네. 아, 여신상이다. 저기서 회복하면 되니까 적절한 안배야. 마침 딱 좋으니까 오늘은 여기까지 할까?"

그렇게 말하며 유키는 세이브를 하고 전원을 껐다.

"……으우, 죄송해요. 계속 발목만 잡고."

하츠시로는 아까부터 계속 사과만 반복하고 있다.

"뭐, 처음엔 다 그렇지. 그래서 해 보니까 어때?"

그 말을 들은 하츠시로는 약간 난처한 듯, 길고 검은 머리카락을 오른손으로 만지작거렸다.

최근에 알게 된 것인데, 저 모습은 생각하고 있는 것을 말해도 좋을지 망설이고 있을 때의 버릇이었다. 유키는 하츠시로의 생각이 정리될 때까지 가만히 기다리기로 했다.

얼마 후, 조그맣게 입을 연 하츠시로가 미안하다는 얼굴로 말했다.

"저…… 폐만 잔뜩 끼치고 이런 말을 하는 게 염치없다고 생각하지만……, 그…… 즐거웠어요."

그 말에, 유키는.

좋았어!! 하고 마음속으로 승리의 포즈를 취했다.

"저, 유키 씨. 왜 그러세요? 갑자기 그런 포즈를 하시고."

"어? 아냐아냐, 아무것도 아냐. 뭐어, 그건 그렇고. 게임 정말 못하는구나."

"……으우."

"그러니까 있잖아. 마음이 내키면 새로운 세이브 데이터를 만들어서 혼자서 연습해 봐. 이거 혼자서도 진행 가능한 거니까."

"엣, 아, 네. 그러네요. 또 폐를 끼치면 안 되니까요."

"그래그래. 난 이제 좀 씻고 올게."

유키는 그렇게 말하며 몸을 일으키고는 만족스러운 듯 기지개를 켰다.

이거라면 혼자 있는 동안 심심풀이는 되겠지.

(나는 나대로 재미있었고. 아—, 그러고 보니 게임을 이

렇게 즐겁게 한 게 얼마 만인지…….)

공부 시간은 조금 줄었지만 이런 시간도 나쁘지 않다고, 유키는 속으로 생각했다.

◇

"흐음, 여친이랑 게임이라."

하츠시로와 게임을 한 다음 날.

평소와 같은 학교의 점심시간. 오타니는 사 온 돈가스 샌드위치를 먹으면서 그렇게 말했다.

"응. 하츠시로가 즐겨줘서 다행이야. 지금쯤 연습하고 있을지도 모르겠네……. 응? 뭐야, 의외라는 얼굴을 하고."

"아니, 네가 그런 배려를 했다는 게 의외라서."

"잠깐만, 그렇게 말하면 내가 마치 평소에 배려 없는 인간이었던 것 같잖아."

"……뭐?"

"어이, 『정말 모르고 있었어?』라고 말하는 것 같은 싸한 표정 짓지 말아 줄래."

"농담이야. 알긴 어렵지만 넌 평소에도 타인을 신경 쓰고 있어. 정말 알긴 어렵지만. 쇼난 신주쿠 라인의 타카사키(高崎)행과 카고하라(籠原)행의 차이만큼 알기 어려워."

"그 예시가 더 알기 어렵거든!"

아니, 하긴. 실제로 한 번 도쿄에 갔다 돌아오는 길에 실수로 카고하라행을 타긴 했지만.

"이번에는 그게 알게 쉽게 드러났다는 거지. 여친…… 하츠시로였던가? 그 애를 위해 게임을 산 거잖아? 일부러 사양할까봐 『내가 원해서 샀으니까 같이 해줘』라던가, 『다음에 같이 할 때까지 연습해 둬』라고까지 말하면서."

오타니에게 완전히 간파당한 탓에 괜히 어색해지는 유키.

"쓸데없는 참견이었나?"

"그렇지 않아. 그보다 그 하츠시로라는 애, 조금이라기엔 꽤 큰 사정이 있는 것 같지 않아?"

"아, 역시 그렇게 생각해?"

"요즘 시대에 휴대폰도 없고, 게임도 처음이라는 건 보통 있기 힘들지. 게다가 네 집에 며칠씩 머물고 있는데 부모님이나 학교에서도 아무 말이 없다는 건 아무래도……."

확실히 오타니의 말대로였다. 폐건물 옥상에서 뛰어내리려던 것이나, 옷 아래로 보이는 멍과 흉터까진 말하지 않았지만 그럼에도 충분히 정상은 아니었다.

유키는 생각하고 있던 것을 말하기로 했다.

"그리고 말이야, 엄청 착한 애긴 한데, 지나치게 착한 것 같아."

"그러게. 도대체 너희 집으로 들어가기 전에 어떤 생활을 했던 건지……. 있잖아. 걔 학교, 근처에 있는 명문 여학교라고 했지? 나 거기 아는 사람 있는데 한번 알아볼까?"

오타니는 그렇게 말했지만, 나는 조금 생각하고는 고개를 저었다.

"……하츠시로는 자신의 이야기를 하려고 하지 않았어. 나는, 매일 밤 밥을 만들어서 기다려주는 하츠시로가 좋아. 그러니 과거는 자연스럽게 정리되고 말할 마음이 생길 때까진 놔두는 게 더 좋을 것 같아."

"하아, 그래그래. 행복 오라 잘 먹었습니다. 아주 그냥 배 아프네."

오타니가 질렸다는 얼굴로 한숨을 내쉬었다.

"뭐, 넌 남에게 억지로 간섭하지 않는 타입이니까. 그래도 세상에는 정말 말하고 싶어도 말하지 못하는 사람도 많이 있어. 그리고 그런 아이는 누군가 쓸데없이 나서주길 무의식적으로 바라는 법이야. 여자애라면 특히 더."

"그런 건가?"

"그런 거야."

그렇게 말하고 오타니는 조금 먼 곳을 바라보았다.

◇

"말하고 싶어도 말하지 못한다……라."

아르바이트를 끝내고 돌아가는 길, 오타니의 말이 줄곧 마음에 걸렸다.

그야 당연히, 유키도 하츠시로의 과거가 신경 쓰이긴 매

한가지였다.

조금 싱숭생숭한 기분으로 걷다 보니 어느새 집 앞에 도착해 있었다.

"그래도 뭐, 요즘은 우리 집에서 안정을 좀 찾은 것 같고."

처음에는 조금 어색했던 웃음도 지금은 굉장히 자연스러워졌다.

"다녀왔어."

특히, 이렇게 돌아온 유키에게 "어서 오세요"라는 말과 함께 보여주는 미소는, 정말이지 천사 같아서…….

"……아, 어서 오세요…… 유키 씨."

"……."

주방에서 걸어 나온 하츠시로를 보고 유키는 살짝 미간을 찌푸렸다.

안색이 조금 안 좋은 것 같았다. 게다가 기분 탓인지 조금 비틀거리는 것 같기도 했다.

"무슨 일 있나요? 유키 씨."

"하츠시로…… 무슨 일 있었어?"

유키의 그 말에 하츠시로는 잠시 눈을 굴리더니 입을 열었다.

"아니, 저기…… 특별한 일은……."

"……그런가. 무슨 일 있다면 알려줘."

"네. 아, 오늘은 카레예요."

"오, 그래?"

그 뒤로는 평소와 똑같았다.

하츠시로가 만들어 준 카레는 아주 맛있었고 특별히 달라진 것도 없었다.

그날은 아르바이트가 바빠 평소보다 늦게 돌아왔기 때문에, 유키는 게임을 하지 않고 그대로 잠자리에 들었다.

◇

그날 이후, 하츠시로는 조금씩이지만 서서히 몸 상태가 악화되어 갔다.

본인은 아무렇지 않다, 괜찮다 하지만 명백하게 안색이 좋지 않았다.

오타니의 말이 몇 번이나 떠올랐다.

『세상에는 정말 말하고 싶어도 말하지 못하는 사람도 많이 있어. 그리고 그런 아이는 누군가 쓸데없이 나서주길 무의식적으로 바라는 법이야. 여자애라면 특히 더.』

특히 요즘 며칠간은 아르바이트가 바빠서 귀가가 평소보다 늦었기에, 그것이 더욱 유키의 초조함을 가중시켰다.

그리고 어느 날 저녁.

저녁 식사 후 그릇을 치우기 위해 일어선 하츠시로가.

갑작스레 그 자리에 쓰러졌다.

"하츠시로!!"

유키가 황급히 달려갔다. 후회가 머릿속을 맴돌았다.

역시, 지난 며칠간의 하츠시로는 어딘가 이상했다. 이렇게 되기 전에 뭔가 할 수 있는 일이 있지 않았을까?

(아니지. 지금은 그것보다 구급차를…….)

그런데.

"음?"

쓰러진 하츠시로를 유키가 일으키려고 하는데.

"……새근, ……새근—."

편안한 숨소리가 들려왔다.

"으음?"

"……으음, 마○의 성역…… 윌 ○ 위스프…… 부스○브……."

"으으으음?"

하츠시로가 중얼거리는 것은 『성창전설 3』에 나오는 용어였던 것이다…….

유키는 하츠시로를 침대에 눕히고, 처음 플레이한 이후 틀지 않았던 『성창전설 3』의 전원을 켰다.

그리고 눈을 의심했다.

"뭐야 이게."

유키와 하츠시로가 둘이서 한 세이브 데이터 1 아래에, 다른 세이브 데이터가 올클리어 되어 있었다.

"플레이 시간, 60시간이라니……."

아직 사 온 지 4일밖에 안됐는데.

"그러니까, 그건가. 이거…… 그냥 수면 부족인가?"

"……으음, 닌자 마○터, 만만치 않네요……."

하츠시로는 악몽을 꾸는 듯한 안색으로 그런 말을 하고 있었다.

◇

다음 날 점심. 오늘은 휴일이었다.

12시간 동안 푹 자고 눈을 뜬 하츠시로에게 유키가 말했다.

"그래, 하루 종일 게임을 한 건가. 밤중에도 몰래 일어나서."

"……네. 유키 씨는 늘 깊게 주무시니까, 소리를 끄고 하면 깨지 않으실 것 같아서."

하츠시로는 유키의 맞은편에 무릎 꿇고 앉은 채 고개를 숙이고 말했다.

그 말대로 유키는 평소 공부와 아르바이트로 피곤한 상태라 깊게 자는 편이었다. 약간의 소리만으로는 잘 일어나지 않는 타입인 것이다.

"근데 진짜 엄청 열심히 했네. 이거, 장비 같은 것도 거의 다 갖췄잖아."

아, 이 캐릭터 장비, 리메이크에서는 이런 게 생겼구나.

다른 장비들도 이렇게 CG로 보니까 느낌이 달라서 신선하네.

"……죄송해요."

하츠시로의 침울함은 심각할 정도였다.

유키는 딱히 그 정도로 나쁜 짓을 한 것도 아니라고 생각했지만…….

"……걱정을 끼친 데다, 오늘 아침 식사도 준비하지 못했고, 무엇보다…… 유키 씨가 공부와 아르바이트로 바쁘신데 저만 놀아버려서."

그래. 하츠시로는 그런 소녀였다.

이런 곳조차 상대의 사정을 생각하며 지나치게 반성하고 마는, 너무나도 착한 소녀인 것이다.

목소리가 떨리고 있다. 마치 유리창을 깨고 부모님께 혼나는 아이처럼.

금방이라도 울 것 같은 얼굴이었다. 공포일까 후회일까. 아마도 뒤따라올 거라 생각하는 상대의 분노에 겁을 먹고 있는 것이다.

왜 이렇게 된 것인지는 모르겠지만, 하츠시로는 상대의 분노를 지나치게 두려워하는 부분이 있었다.

하츠시로는 쥐어짜는 듯한 목소리로 입을 열었다.

"……다시는 게임을 하지 않을게요. 그러니."

그래서.

"응. 다행이다. 네가 즐겁게 해 줘서."

유키는 밝은 목소리로 그렇게 말했다.

"……네?"

무슨 말인지 모르겠다는 듯 멍한 얼굴을 하는 하츠시로.

"뭐야. 내 얼굴에 뭐라도 묻었어?"

"아뇨, 그, 그게 아니라."

"60시간이나 했다는 건 그만큼 재밌었다는 거지?"

잠시 굳어 있던 하츠시로가 이윽고 작은 목소리로 대답했다.

"……네, 굉장히. 저기……."

하츠시로가 조심스레 물어왔다.

"……화내지 않으세요?"

유키는 한숨을 한 번 내쉬고는 하츠시로의 곁으로 다가가 그 떨리는 손 위에 자신의 손을 포갰다.

고개를 숙이고 있던 하츠시로가 고개를 들었다.

두 사람의 시선이 겹쳤다. 유키가 하츠시로를 똑바로 마주 보며 말했다.

"화내지 않아."

"……!"

"이런 일로 화를 왜 내겠어. 애초에 이 게임은 너 집에서 심심할 때 하라고 사 온 것도 있으니까."

"네, 그건. 어쩐지 그럴 것 같다는 생각은 하고 있었는데……."

"그러니까, 재밌게 해 줘서 기뻐. 그뿐이야. 아, 그래도 밥만큼은 잊지 말고 해주면 더 기쁘려나. 요즘 하츠시로가 해준 밥 먹는 게 삶의 보람이거든."

"……, ……흐."

"흐?"

"흐어어어어엉……."

"으앗!? 왜 그래."

갑자기 어린아이처럼 울기 시작한 하츠시로. 뭐야뭐야? 손을 너무 세게 잡았나?

유키가 황급히 손을 떼려 하자 하츠시로가 그 손을 다시 잡아 왔다.

"……유키 씨는…… 왜, 그렇게 상냥하게 대해주시는 건가요……."

눈물을 글썽이며 그런 말을 하는 하츠시로.

상냥한 게 아니다. 유키 입장에서는 그냥 하츠시로에게 해 주고 싶은 것을 해 주었을 뿐이었다. 이렇게 울 줄은 몰랐기 때문에 당황스럽기만 했다.

그저 단지, 이유를 묻는다면 그건.

"남친이잖아."

그 말을 들은 하츠시로의 눈물샘에서 또 한 번 봇물 터지듯 눈물이 흘러내렸다.

유키는 조금 망설이다가, 흐느끼는 하츠시로의 머리를 부드럽게 쓰다듬었다.

부드러운 하츠시로의 머리카락 감촉이 기분 좋았다.

한동안 조용한 방안에 하츠시로의 울음소리만이 울려 퍼졌다.

“……괜찮아, 괜찮으니까. 진정되면 게임 같이 하자.”

그렇게 말하며, 몇 번이고 몇 번이고. 유키는 하츠시로가 울음을 그칠 때까지 머리를 쓰다듬어주었다.

◇

하츠시로가 진정을 찾은 뒤, 저녁 아르바이트를 가기 전에 둘이서 게임을 하기로 했다. 사 온 첫날에 둘이서 했던 세이브 데이터 1을 불러왔다.

그래서, 이 나흘간 잠자는 시간도 아껴가며 연습한 하츠시로의 실력은.

“아, 유키 씨. 이 적은 제가 어떻게든 해볼게요(파파파팟).”

“오, 그래.”

자, 장난 아니네. 적의 반격을 거의 받지 않고, 유키는 어떻게 하는지조차 모르는 수수께끼 콤보로 중간 보스를 압도하고 있었다.

“큭, 맞지 않아도 될 공격을 받아버렸군요. 건방진…….”

이거, 괜히 발목 잡지 않게 서포트만 해주는 편이 나을 것 같은데.

그렇게 생각할 정도로 하츠시로가 조종하는 수인 캐릭터는 강했다. 유키가 넋을 놓고 화려한 플레이를 보고 있는 사이 중간 보스가 어이없이 폭발하며 흩어졌다.

“후우……. 5분 13초네요. 방심해서 일격을 허용한 탓에

전에 싸웠을 때보다 5초나 늦고 말았어요. 일생의 불찰입니다. 미숙한 모습을 보여드려 죄송합니다."

"아니, 충분히 뭘 하고 있는지 모를 정도로 대단했어."

애초에 이건 원래 시간을 겨루는 게임이 아닐 텐데.

"아, 이 맵에서는 입구 쪽이 아니라 여기 통로 안쪽으로 가면 돼요. 아마 버그인 것 같은데 나중에 갈 수 있는 마을로 바로 나갈 수 있어서, 여기서 강한 장비를 살 수 있어요."

뭔가, 숨겨진 비법 같은 것도 터득한 것 같았다. 괜히 사흘 동안 60시간을 한 게 아닌 것이다.

"후후후, 나왔네요, 희귀 몬스터. 잔뜩 벌어드리죠."

(으음—, 근데, 그건가. 조금 씁쓸할지도.)

즐거운 듯이 게임을 하는 하츠시로를 흐뭇하게 보면서, 한편으로 유키는 그런 생각을 해버렸다.

왠지 지금까지 봤던 것 중 가장 반짝거리고 활기찬 미소를 짓고 있는 게 아닌가. 게임에 질투를 하다니 나도 참 못난 남자구나, 라며 자조했다.

"아, 유키 씨. 슬슬 아르바이트 시간이네요. 여기까지만 할까요?"

"아, 그러네."

하츠시로의 말에 유키는 세이브를 하고 게임의 전원을 껐다.

화려한 영상과 소리가 사라지고 조용해진 방 안, 모니터 앞에 나란히 앉은 유키와 하츠시로만이 남아 있었다.

아직 아르바이트 갈 때까지 시간이 조금 남았다. 조금 더 이대로 얘기를 나누고 싶다. 유키는 그렇게 생각했다.

“정말 많이 늘었네, 하츠시로. 난 따라가는 게 고작이었어.”

유키가 그렇게 말한 순간.

“저…… 유키 씨.”

“왜?”

“그…… 어깨에.”

어깨? 유키가 자신의 어깨를 보았지만 별다른 것이 묻어 있진 않았다.

하츠시로는 잠시 망설이더니 이내 머뭇거리며 입을 뗐다.

“기대도 될까요?”

“어? 아, 으응. 난 상관없는데.”

뜻밖의 제안에 조금 놀란 유키.

“근데, 괜찮겠어?”

아무래도 사람과 닿는 것이 무서워서 처음엔 손조차 잡지 못했던 하츠시로였다.

“무, 무섭지 않다면 거짓말이겠지만…… 그래도, 해보고 싶어, 서요…….”

살짝 떨면서도 하츠시로는 그렇게 말했다.

그런가, 하츠시로는 겁을 먹으면서도 앞으로 나아가려고 하고 있는 건가.

“그래, 그럼. 자.”

"네. 가, 갈게요……."

그렇게 말한 뒤 하츠시로는 약간 주저하며 굳어 있었지만.

이윽고 톡, 유키의 어깨에 따뜻한 감촉이 닿아왔다.

"따뜻해……. 유키 씨……, 감사합니다."

같은 샴푸를 쓰고 있을 텐데도 어쩐지 부드럽게 느껴지는 향기에 유키의 심장이 조금 빠르게 뛰었다.

그대로 한동안 서로의 체온과 고요를 느끼고 있는데, 하츠시로가 입을 열었다.

"……유키 씨. 요즘 계속 늦게 들어오셨죠. 일이 바쁘신가요?"

"아아, 요즘 좀. 근데 이제 바쁜 시기는 끝났어."

"그런가요……. 그렇다면, 다행이에요."

하츠시로는 정말로 안심한 듯한 목소리로 그렇게 말하며 유키의 손에 자신의 손을 얹었다.

"……저, 밖에서 공부랑 일로 바쁘실 유키 씨에게, 이런 생각 하면 안 된다는 건 알고 있지만. 사실 빨리 돌아와 주시면, 기쁠 것 같아요."

하츠시로가 유키의 어깨에 머리를 기대왔다.

"게임도 즐겁지만…… 그, 역시, 유키 씨와 이러고 있는 시간이 저는 더, 기쁘니까요……."

"하츠시로……."

아아.

정말이지.

귀엽잖아아.

스스로도 부끄러운 것인지 얼굴을 붉히고 있는 모습이 사랑스러웠다.

……오늘 아르바이트 쉬고 싶다.

앞으로 60시간 정도 이대로 있고 싶어.

◇

연인으로 사귀다 보니, 하츠시로의 다양한 일면이 보이게 되었다.

유키는 그런 생각을 했다.

처음엔 어둡게 가라앉은 소녀라는 인상이었는데, 조금 얘기해보니 차분하고 가정적이고 굉장히 착한 아이라는 걸 알게 되고, 심지어 너무 착한 아이라서 필요 이상으로 겁을 먹기도 하고, 또 게임에 즐겁게 열중하기도 한다.

"그런 여친도 너무 귀여운데 어떡하지?"

"아, 예예. 행복해 보이시네요."

다음 날 그걸 오타니에게 말했더니, 유키에게 돌아온 것은 돈가스 샌드위치를 한입 가득 오물거리며 뱉어진 국어책 읽기 같은 대답뿐이었다.

제3화 친구를 소개하다

"그러고 보니, 하츠시로."

"네?"

아침을 먹고 있던 와중, 유키는 전부터 신경 쓰이던 화제를 꺼냈다.

"뭐 갖고 싶은 거 없어? 이제 보니 생필품 같은 건 전부 내가 예비로 갖고 있던 것뿐인데."

일단 생리용품이나 학교 지정 체육복은 구해준 날 들고 있던 가방에 들어 있었으니 최소한의 것들은 갖춰져 있지만.

"……으음, 글쎄요. 전 특별히 불편하지 않은데."

"그런가?"

하츠시로는 여자아이였다. 따로 말하지 않았기에 유키 쪽도 아무 말 않았지만, 사실은 뭔가 필요한 게 아닐까 하는 생각이 들었던 것이다.

"네. 아, 한 그릇 더 드실래요?"

"아, 부탁해."

유키의 밥그릇을 받아들고 주방으로 걸어가는 하츠시로.

그 모습엔 특별히 무리를 하고 있는 것 같은 기색은 없었다.

"으음—."

◇

"오타니, 어떻게 생각해?"

"이상하다고 생각해."

방과 후 오타니에게 상담을 하니 단호한 즉답이 돌아왔다.

"우리랑 한 살밖에 차이 나지 않는 여자애가 입을 거라곤 교복과 체육복 각각 한 벌뿐이고, 화장도 전혀 안 하는 데다 취미다운 취미라고는 네가 사 온 게임뿐이지. 그 상태로 아무런 불만이 없다는 건 이상해. 심각하게 이상해."

"그 정도냐."

"그래, 남자라면 자○를 전혀 하지 않고도 욕구불만이 되지 않는 정도의 이상이야."

그건 굉장한 이상이었다.

"근데 본인은 정말 불만이 없는 것 같아. 무리하는 것 같지도 않고. 내가 눈치채지 못하는 걸 수도 있겠지만."

"……글쎄. 추측이지만, 네가 있는 곳으로 가기 전까지 또래 여자아이와 어울리지 못했다, 뭐 그런 걸지도 모르지. 네 얘기만 들으면 그 애는 욕심이 너무 없어."

오타니는 자신의 가방 안에서 파란색의 둥글고 납작한 케이스를 꺼내 들었다.

"그게 뭐야?"

"스킨케어용 크림. 올인원이라고 해서 피부 관리에 필요한 것들이 다양하게 들어있어. 가격도 적당하고 사용감도 나쁘지 않지. 다른 애들한테 권했더니 꾸준히 쓰는 애들도 많고."

"흐음, 그런 건 전혀 모르니까 신선하네. 아, 냄새도 편안하다."

"그것도 장점이지. 너무 강한 냄새는 호불호가 갈려서 추천하기 어려우니까…… 라는 식의 대화를, 또래 여자들끼리 있다 보면 일상적으로 하게 돼. 그럼 자연스럽게 본인도 갖고 싶어지겠지?"

그렇군, 하며 고개를 끄덕이는 유키.

물론 바로 얼마 전까지의 유키처럼, 반드시 해야 할 일을 하느라 다른 일에 일절 흥미를 느끼지 않았을 가능성도 있다.

하지만 유키 본인도 자신 같은 인간이 자기 세대에 거의 없다는 것은 자각하고 있었다.

"반대로 이런 이야기에 관심이 없으면 대화에 따라갈 수 없어. 그녀에겐 한 명이라도, 이런 『통속적인 것』에 대해 알려주는 동성 친구가 있는 편이 좋을지도 모르겠네."

"그렇군. 『통속적인 것』을 알려주는 동성 친구 말이지……."

지금 상태로서는 도무지 기대하기 힘든 것이었다.

하츠시로는 착하지만 굉장히 섬세하다. 사람을 굉장히

무서워하고, 타인이 화를 내지 않도록 필요 이상으로 배려를 한다. 유키와 함께 살고 있다는 이 상황도, 사귀고 있는데다 꺼림칙한 일은 일절 없었다고 해도 의심하는 사람이 적지 않을 것이다.

그런 부분까지 다 알고 나서, 하츠시로와 어울릴 수 있는 믿을 만한 여자는 좀처럼 없지 않을까?

"으음……. 응?"

유키가 책상을 사이에 두고 마주 앉은 오타니를 응시했다.

오타니는 빠르게 눈을 돌리고는 자리에서 일어났다.

"그럼, 난 돌아가서 비색의 ○각(비색의 조각. 일본 오토메이트사에서 개발한 여성향 게임)이나 할까."

유키가 자리를 뜨려는 오타니의 소매를 움켜쥐었다.

"뭔데?"

"……오타니여. 너를『통속적인』여자로 보고 부탁할 게 있다."

"점심값 반년 치."

"너무 바가지잖아! 이런 건 길게 잡아봤자 2주 정도나……."

"인연이 없는 것 같네."

"아— 잠깐잠깐. 두 달 치, 두 달 치로 어때?"

초조해진 유키가 그렇게 말하자, 오타니가 방긋 웃어 보였다.

"얘기가 빠른 남자는 멋있어, 유키."

◇

"그래서 내일 친구를 집에 부르기로 했어."

"네에, 그런가요."

학교와 아르바이트를 마치고 돌아와 저녁을 먹고 공부까지 대충 끝낸 유키는 침대에 몸을 댄 채 하츠시로와 서로 기대고 앉아 있었다.

잠들기 전 서로의 체온을 느끼며 가벼운 잡담을 나누는 것이, 어느새 두 사람의 습관이 되어 있었다.

"……그럼, 전 그동안 나가 있을까요?"

"아, 아냐. 무리할 필요 없어. 우리들 사정을 아니까. 실은 네 일로 이래저래 상담도 했었거든."

유키가 그렇게 말하자 하츠시로는 어째선지 미간을 살짝 찌푸렸다.

"……그 오타니 씨라는 분은 여성이죠?"

"아아, 맞아. 같은 반. 게다가 바로 뒷자리고."

"어떤, 여자분인가요?"

으음—, 하고 잠시 생각하던 유키가 입을 열었다.

"똑 부러지고 대화하기 편한 녀석이라고 생각해. 성실하지만 농담도 잘하고 남 돌보는 것도 잘해. 늘 만화나 소설만 읽는 것 같은데 공부도 잘하고 성적도 좋아."

"……꽤나 거리낌 없이 칭찬하시네요."

"뭐, 내 유일한 여사친이니까. 불만이라면 글쎄…… 지금도 꽤 인기가 많지만 다이어트 같은 걸 하면 굉장한 미인이 될 거라 생각해. 본인 마음이지만 역시 주변에서 보기엔 좀 아깝거든."

"……아아, 흐음. 그렇군요."

하츠시로가 그렇게 말하며 갑자기 유키에게서 떨어지더니 몸을 돌려버렸다.

체온이 사라지며 식어가는 오른쪽 어깨가 허전했다.

"왜 그래, 하츠시로."

"몰라요."

그런 말을 하고는 뚱한 얼굴이 된 하츠시로. 무슨 일이지? 유키는 당황하고 말았다.

왜 갑자기 기분이 상했을까. 단지 오타니가 좋은 녀석이라고 얘기했을 뿐인데…….

(서, 설마…… 이건.)

정기 학년 시험 톱의 두뇌를 가진 유키는 한 가지 결론에 도달하고는.

(질투인가!!!!!!)

벼락을 맞은 것 같은 충격을 받았다.

그렇군, 그런 거였군. 하긴 눈앞에서 남자 친구가 다른 여자에 대해 좋게 말하면 별로 좋진 않겠지. 그런가…… 질투인가.

우오오오. 미안하다고 생각하면서도 하츠시로가 자신을

생각해주고 있다는 분명한 증거라는 생각에 기쁨이 앞섰다. 이걸 그대로 말할 순 없겠지만.

"……왜 히죽거리는 거예요, 유키 씨."

"아니, 하츠시로가 질투하는 게, 나를 생각해준 것 같은 느낌이라 기뻐서…… 아, 말해 버렸다."

평범하게 대놓고 말해버렸다.

하츠시로는 얼굴을 붉히더니 화난 것처럼 볼을 부풀렸다.

"……유키 씨 바보……. 에잇."

"으엇, 잠, 손가락으로 찌르지 마, 간지럽…… 으앗."

그 후 한동안 하츠시로에게 계속 옆구리를 내줘야 했다.

◇

다음 날.

교직원들의 사정으로 오전 수업만 있던 학교를 마치고, 유키와 오타니는 유키가 사는 집 앞에 와 있었다.

"그러고 보니 안에 들어가는 건 처음이네. 모니터 가져왔을 때 한 번 여기까지 오긴 했는데."

"듣고 보니 그러네."

학교를 마치고 집에 다녀온 오타니는 교복은 그대로였지만 책가방과는 다른 가방을 들고 있었다. 뭐가 들어있는 걸까?

"자, 불쾌할 정도로 들어왔던 그 하츠시로라는 사람을

만나러 가 볼까. 네가 항상 귀엽다 귀엽다 시끄러워서 궁금하긴 했어."

"훗, 그 말에 거짓은 없다고……. 어쨌든 하츠시로는 세상에서 제일 귀여……."

달칵.

"실례합니다."

"들으라고!!"

유키의 이야기가 시작된 것을 눈치챘는지 빠르게 문을 열고 안으로 들어가는 오타니.

현관에 들어서자 안에서 하츠시로가 평소와 같은 교복 차림으로 걸어 나왔다.

"아, 어서 오세요. 유키 씨."

"아아, 다녀왔어. 그리고, 소개할게. 같은 반인 오타니 쇼코야."

하츠시로는 다소 긴장한 표정이었다. 유키에게 미리 듣긴 했지만, 아무래도 유키 이외의 사람과 면전에서 대화하는 것은 무서운 것 같았다.

"네, 네에. 처음 뵙겠습니다……. 하츠시로, 코토리……예요……."

저기—, 점점 목소리가 사그라들고 있는데.

한편, 오타니는.

"……."

믿을 수 없는 것을 본 사람처럼 눈을 크게 뜨고 굳어 있었다.

"야, 왜 그래?"

"……거짓말이야…… 어째서……."

오타니가 그렇게 중얼거리며 고개를 저었다.

뭐야, 이 심상치 않은 반응…… 아니, 잠깐만.

유키의 뇌 안에 어떤 가능성 하나가 떠올랐다.

(혹시…… 오타니는 하츠시로에 대해 이미 알고 있나?)

생각해 보니 오타니는 하츠시로가 다니는 학교에 아는 사람이 있다고 했다. 어쩌면 그 인연으로 하츠시로를 알고 있는 것은 아닐까.

그렇다면 대체 어떤 관계이길래 이런 심각한 반응을 보이는 거지?

"……아니, 이런 건…… 있을 수 없어……."

비틀거리며 현관문에 손을 짚는 오타니. 귀신이라도 본 것 같은 반응이었다.

설마, 어릴 적 실종된 친구와 똑같이 생겼다거나? 전에 오타니가 보여준 만화에서 그런 전개가 있었던 것 같다.

어찌 되었든, 하츠시로도 걱정스러운 얼굴로 서 있었다. 여기선 일단 잠시 나가서 오타니의 사정을 들어봐야겠지.

"어째서……."

"저기, 오타니. 일단 밖으로."

"어째서 이런 꽉 막힌 놈의 여친이 검은 롱헤어의 초절정 미소녀인 건데? 세상이 만만해?"

유키는 그대로 뒤로 넘어졌다.

"그런 의미냐고! 헷갈리잖아!"

오타니가 한심한 것을 보는 듯한 눈빛으로 유키를 내려다봤다.

"……그건 무슨 바보 같은 리액션이야?"

"너한테만은 듣고 싶지 않아……."

하지만, 새삼스레 다른 사람의 이런 반응을 보며 하츠시로는 엄청난 미소녀라는 사실을 다시 한번 실감한 유키였다.

오타니는 하츠시로를 향해 평소 같은 차분한 목소리로 인사했다.

"만나서 반가워, 하츠시로 씨. 오타니 쇼코야. 이 삼류 리액션 개그맨의 동창이지."

심한 말을 아무렇지도 않게 한다.

"아, 네. 잘 부탁드려요. 오타니 씨."

"으음~."

"저, 왜 그러세요? 제 눈을 그렇게 빤히 보시고…… 뭔가 신경 쓰이는 거라도 있나요?"

"으음~ 눈에 하트 마크는 안 찍혀 있는 거지? 눈빛이 죽어있다거나."

"……네, 네에."

뭐가 뭔지 모르겠다는 얼굴을 한 하츠시로.

"유키, 네 폰 좀 보여줘 봐. 최○ 어플 같은 거 깔려 있나

확인하게."

"그런 거 없어!!"

"농담이야, 농담. 3할 정도."

생각보다 진심의 함유량이 많았다.

"뭐, 그건 그렇다 치고. 하츠시로 씨."

"아, 네."

"굳이 말하지 않아도 알겠지만, 이 녀석은 알긴 어려워도 좋은 녀석이야. 알긴 어려워도. 구체적으로 예를 들자면 쇼난 신주쿠 라인의."

"그건 이미 들었어."

얼마나 알기 힘든 거냐고, 쇼난 신주쿠 라인은.

"그래도, 이런 녀석의 장점을 알아준 당신은 사람 보는 눈이 있다고 생각해. 난 사람 보는 눈이 있는 애가 좋거든. 그러니 네가 보기에 내가 합격이라면…… 친하게 지내도 될까?"

오타니는 그렇게 말하며 오른손을 내밀었다.

"저, 그러니까……."

하츠시로는 살짝 당황하며 유키 쪽을 바라보았다. 유키는 잠자코 고개를 끄덕여 주었다.

그것을 본 하츠시로는, 조심스레 손을 내밀어 오타니의 손을 잡고 악수를 했다.

"……잘, 부탁해요."

"응. 잘 지내자."

아무래도 스타트는 잘 끊은 것 같다.

잘된 일이다. 그렇게 기뻐하는 한편, 자신과는 손을 잡을 때까지 시간이 조금 걸렸는데, 하며 약간의 분한 마음을 느끼는 유키였다.

"……저기, 왜 그러세요, 유키 씨?"

표정에 드러난 것일까, 하츠시로의 걱정을 받고 말았다.

"……아니, 아무것도 아냐. 그냥, 같은 여자끼리 더 빨리 친해지는구나 싶어서."

하츠시로가 어리둥절한 표정을 지어 보였다.

"……유키 씨. 혹시 질투해 주신 건가요?"

"어? 아니, 딱히 그런 건……."

"후후, 그렇군요……. 후후."

기쁜 듯한 얼굴로 미소 짓는 하츠시로.

으음, 이건 확실히 분하다.

"잠깐, 뭐야…… 이 각설탕 같은 분위기를 계속 보고 있어야 한다는 뜻?"

오타니가 살짝 몸서리치며 그렇게 말했다.

◇

자기소개도 끝났겠다, 유키는 일단 주방이 있는 거실로 들어갔다.

"살풍경하네—."

오타니가 뱉은 첫마디였다.

하츠시로에겐 별다른 말을 듣지 않았지만, 역시 물건이 적은 건 드문 일이구나. 유키는 다시금 생각했다.

"오타니 씨, 차 드세요."

"어머, 세심하네. 정말 훌륭한 여친이야."

"그렇지!! 하츠시로는 정말 좋은 여친이라고. 성실하고, 세심하고, 요리도 잘하고."

"……읏."

"여친을 자랑하는 건 좋은데, 칭찬받은 여친님 얼굴은 빨개졌는데?"

오타니의 말대로, 하츠시로는 들고 온 쟁반으로 얼굴을 가리고 있긴 했지만 하얀 뺨이 새빨갛게 물들어 있었다.

하긴 눈앞에서 본인 칭찬을 들으면 민망할 수도 있겠다.

"미안미안, 하츠시로. 자랑하고 싶은 마음에 그만."

"……정말, 유키 씨도 참……."

그렇게 말하면서도 조금 기뻐 보이는 것은 내 착각인 걸까. 그 모습에 유키도 흐뭇한 표정을 지어 보였다.

"……."

돌아보니 오타니는 설탕 시럽 한 잔을 들이켠 것 같은 얼굴을 하고 있었다.

"왜 그래?"

"자각도 없는 건가……. 아무것도 아냐. 왠지 너희들이랑 있으면 성인병에 걸릴 것 같다고 생각했을 뿐."

"?"

유키와 하츠시로는 무슨 말인지 모르겠다는 얼굴로 고개를 갸웃했다.

"뭐, 됐어."

그렇게 말한 오타니가 부스럭거리며 가방 안에서 꺼내든 것은, 초콜릿과 과자, 라무네, 젤리…… 요컨대 간식거리들이었다.

유키가 시선을 주며 말했다.

"오, 선물?"

"일단은. 친구 집에 갈 땐 과자를 가져가는 경우가 많으니까."

"너, 그러니까 살을 못 빼는……."

덜컹.

"으억!"

식탁 아래에서 오타니의 앞차기가 유키의 정강이에 직격했다.

"……."

"음? 왜 그래, 하츠시로 씨. 과자를 그렇게 빤히 바라보고."

"아, 그게……."

하츠시로의 모습을 보고 유키는 문득 깨달았다.

"혹시 먹어본 적 없어?"

"……네, 어렸을 땐 먹었던 기억이 있는 것 같은데."

휴대폰의 부재에 이어, 또 한 번 놀랐다.

오타니도 눈을 잠시 깜빡였지만,

"그래."

그렇게 한마디 중얼거리더니 콘소메 맛 포장지를 펼치듯이 찢어 식탁 위에 올려두었다. 모두가 함께 먹을 수 있는, 이른바 파티 형식의 오픈법이었다.

"자, 먹어봐. 하츠시로 씨."

오타니의 그 말에, 하츠시로는 마치 독이 들었는지 확인하는 사람처럼, 조심스레 하나를 집어 들었다.

"자, 잘 먹겠습니다."

하츠시로의 입술이 덥석, 감자칩의 끝을 깨물었다.

오타니는 그 모습을 바라보고 있었다.

"……아, 맛있어."

그녀는 조금 놀란 듯한 얼굴로 한마디, 솔직한 소감을 전했다.

그 모습을 본 오타니가 만족스럽게 고개를 끄덕였다.

"자, 하나 더 먹어."

"아…… 그래도 되나요?"

"응, 돼."

그러면서 오타니도 감자칩 하나를 집어 입 안에 넣었다.

"이런 건 오히려 사양하지 않는 게 매너야."

"……그, 그럼."

하츠시로는 또다시 공손히 잘 먹겠습니다, 라고 말한 뒤 하나를 집어 먹었다.

그리고 표정이 금세 풀어졌다. 맛있는 음식을 먹고 행복을 느낀다는 것이 고스란히 전해지는 솔직한 반응이었다.

그 후에도, 연이어 감자칩을 손에 들고 먹는 오타니에 이끌리듯, 하츠시로도 감자칩을 집어 입으로 가져갔다.

작은 입술을 오물오물 움직이며, 고작 백 엔 정도의 과자로 행복한 표정을 지어 보이는 하츠시로를 보며 오타니가 미소 지었다.

"그런 거였군."

그렇게 말한 오타니가 식탁 위로 몸을 내밀며 하츠시로의 머리를 쓰다듬었다. 살짝 놀라는 하츠시로.

"아, 저어, 오타니 씨."

"세상에, 유키. 네가 하츠시로 씨를 귀엽다 귀엽다 하는 이유를 어쩐지 알 것 같아."

"……그, 그렇지 않아요. 오타니 씨야말로 멋지고 미인이신데……."

"존재 자체가 귀여운 사람이 그런 말을 하면 미움받는 법인데……. 하지만 귀여우니까 나는 용서하겠어!"

그러면서 더욱 머리를 토닥토닥 어루만진다. 하츠시로 쪽도 오타니의 손길에 당황하긴 했지만 무서워하는 기색은 없어 보였다.

그때 현관 초인종이 울렸다.

"아아, 내가 나갈게."

두 사람은 사이좋게 대화를 나눠주길 바라니까.

◇

“신문 권유라니 힘들겠네.”

현관 밖에서 10분은 지체한 것 같았다.

스타일 좋은 대학생 정도의 여자아이로, 필요 없다고 거절하는 데도 세제니 유원지 티켓이니 하는 특전을 들이밀며 버텨왔다. 강요에 약한 사람이라면 그대로 계약했을지도 모를 일이다.

유키는 현관을 열고 다시 안으로 들어갔다.

(그래도 오타니를 데려오길 잘했어.)

아까 그 모습은 동성 친구라기보단 언니 동생 사이로 보였지만, 어쨌든 잘 지낼 수 있을 것 같았다.

하츠시로도 즐거워 보였고. 이걸로 자연스럽게 오타니를 통해 보통 여자아이들의 화제를 알아갈 수 있겠지.

그런 생각을 하면서 유키는 거실로 돌아왔다.

“미안미안. 권유가 끈질겨서.”

“어때, 하츠시로 씨. 이 슈스케랑 아키라 커플링이 잘 어울리는 것 같지 않아?”

“야, 인마.”

오타니가 하츠시로에게 미형의 남자 둘이 몸을 밀착시킨 채 얼굴을 맞대고 있는 표지의 만화를 읽게 하고 있었다.

“뭐가. 씬 없는 제대로 된 전 연령 만화라고.”

"아니, 그런 문제가 아니잖아. 통속적인 걸 알려달라고 했지, 균을 묻혀달라고 하진 않았어."

"무슨 소릴 하는 거야. 이거야말로 숙녀의 소양이지. BL을 싫어하는 여자는 없어."

"편견이 지나치잖아."

"그래서, 어때? 하츠시로 씨."

"으음, 저는 조금, 잘 모르겠어요."

하츠시로는 성심껏 건네받은 만화를 읽으면서 그렇게 말했다.

거봐, 하고 유키가 오타니에게 눈으로 말했다. 오타니는 아쉽다는 듯 어깨를 늘어뜨렸다.

"근데……."

하츠시로는 본인도 약간 당황한 듯한 모습으로 입을 열었다.

"왜일까요……. 남자끼리 얼굴을 맞대고 있는 걸 보니…… 어쩐지, 가슴 안쪽에서 부글부글하고."

부글부글한 것 같다.

오타니는 마치 새로운 생명의 탄생을 보듯, 반짝이는 눈으로 말했다.

"……대단해. 하츠시로 씨. 당신은 분명 훌륭한 숙녀가 될 거야. 아, 그리고 폰 게임 중에 이 FBO(일본의 인기 게임 Fate/Grand Order의 패러디)라는 게 유행하고 있는데."

"야, 잠깐. 그거 돈이 꽤 많이 드는 거잖아."

"별로 안 들어. 기껏해야 한 달에 한두 번 유키치(일본 만엔 화폐에 그려진 인물)가 성배로 바쳐질 뿐이지."

"충분히 위험한 암흑 ATM이잖아!!"

오타니를 데려온 것은 실수일지도 모른다고 생각한 유키였다.

참고로 하츠시로는 휴대폰을 갖고 있지 않았기 때문에 FBO는 할 수 없었다.

◇

한동안 과자를 먹으며 셋이서 담소를 나누는데, 오타니가 시계를 보고는 몸을 일으켰다.

"벌써 시간이 이렇게 됐네. 그럼 가 볼까?"

"가다니, 어딜?"

유키의 물음에 오타니가 대답했다.

"어디라니, 근처 쇼핑몰이지. 하츠시로 씨 옷 사러."

아아, 그런 거였군. 하고 납득하는 유키.

하지만 하츠시로는 놀란 얼굴로 말했다.

"제…… 제 옷이요?"

"그래. 계속 지금처럼 교복과 체육복만 입고 있을 순 없잖아?"

"크게 불편하진 않은데요. 아, 그래도 한 벌씩 더 있으면 빨래가 편해질지도 모르겠네요."

“……아니, 그런 게 아니라. 유키에게 듣긴 했지만 정말 욕심이 없구나.”

한숨을 내쉬는 오타니.

애초에, 물욕이 없는 편이라 생각하던 유키조차 놀랐을 정도다.

이 상태라면 또다시 유키의 지출을 걱정하여 사양할 것이 분명했다.

“게다가, 얹혀살게 해주시는데 이 이상 더 바랄 수는…….”

정말이지 예상한 대로의 대답이었다. 이런 식으로 상대의 사정을 배려하는 것은 기특했으나, 유키는 그녀가 조금 더 제멋대로 굴어도 좋을 것 같다고 항상 생각하던 참이었다.

“아~, 그렇구나. 아쉽게 됐네, 유키.”

오타니가 국어책 읽기로 그렇게 말했다.

“아니~, 유키가 얼마 전 수업 중에 예쁘게 차려입은 여친을 보고 싶다고 했었는데—.”

갑자기 왜 이러나 생각한 유키였지만, 오타니가 눈짓으로 사인을 보냈다.

말 맞춰라.

수업 중에 말했다는 부분이 마음에 들지 않았지만, 하츠시로를 위해서라면 어쩔 수 없지.

하츠시로가 확인하듯이 내 쪽으로 시선을 돌렸다.

“아아, 맞아. 평소와는 다른 하츠시로가 보고 싶어.”

유키가 진지한 얼굴로 그렇게 말하자 하츠시로가 얼굴을 붉혔다.

"……저기, 그럼. 네, 새로운 옷을 사 주시면 좋겠어요."

"좋아, 그럼 가 볼까."

오타니가 만족스러운 얼굴로 그렇게 말하고는 현관 쪽으로 성큼성큼 걸어갔다.

"그럼 우리도 갈까."

"네."

하지만, 그 전에 한 가지 물어봐야 할 것이 있었다.

"저, 하츠시로……. 괜찮겠어?"

"……네. 괜찮아요."

"뭐 해. 빨리 와~"

현관에서 오타니가 부르고 있었다. 유키와 하츠시로도 현관 쪽으로 걸어갔다.

유키는 이곳에서 살기 시작한 이래 수백 번이고 반복된 익숙한 동작으로 신발을 신고 현관문을 열었다.

하지만 하츠시로는 현관 앞에서 이곳에 오던 날 신고 있었던 학교 지정 구두를 물끄러미 바라보았다. 그 모습을 보고 먼저 나가 있던 오타니가 말을 걸었다.

"왜 그래, 하츠시로 씨?"

"아뇨, 아무것도 아녜요. 죄송합니다……. 지금 갈게요."

"……저기, 하츠시로."

"……괜찮아요……. 괜찮아요."

하츠시로는 스스로를 타이르는 듯한 어조로 그렇게 말하고는 신발을 신고 일어섰다.

그리고, 현관에서 밖으로 나가려다.

휘청, 하고 그 몸이 기울어졌다.

"하츠시로 씨?"

갑작스러운 일에 놀라는 오타니.

"이런."

앞서 옆에서 기다리고 있던 유키가 두 손으로 하츠시로의 몸을 받쳐 들었다.

"……역시 아직은 어려운가."

"……유키 씨. 감사합니다."

"유키, 역시라는 건?"

오타니의 물음에 하츠시로가 살짝 떨리는 목소리로 대답했다.

"……걱정 끼쳐서 죄송해요. 부끄럽지만 바깥에 나가는 것이 조금……."

"일단 잠깐 앉자, 하츠시로."

그렇다. 하츠시로는 유키의 집에 온 이후 지금까지 밖으로 나가질 못했다.

여기 오기 전에 있었던 어떤 일이 그렇게 만드는 것인지, 현관에서 신발을 신고 일어서면 몸에 힘이 쭉 빠져버리는 것이다.

몇 번을 시도해 봐도 그것은 변하지 않았다. 하츠시로가 이곳에 오고 나서 밖에 나간 거라고 해봐야 빨래를 널기 위해 베란다에 나갈 때뿐이었다.

그래서 식재료는 하츠시로가 재료가 적힌 메모를 건네주면 유키가 근처의 슈퍼에서 사다 주는 형식이었다.

이대로는 안 되겠다 싶었지만, 그녀가 무리를 하길 바라지는 않았기에 특별히 언급하지 않고 충분히 쉬게 할 생각이었다.

2주 가까이 지나서 이번에는 나갈 수 있을까 싶었는데, 아직은 이른 걸지도 몰랐다. 유키는 그 사실을 오타니에게 간단히 설명했다.

그 말을 듣고 눈을 크게 뜬 오타니는 진심으로 미안한 표정을 지어 보였다.

"……미안해, 하츠시로 씨."

"……아뇨. 오타니 씨가 걱정하실 일은."

유키는 다시 한번 실감했다. 최근 자주 웃어줘서 잊을 뻔했지만, 하츠시로는 아마도 상당히 괴로운 과거를 짊어진 여자아이였다. 밖에 나간다는, 보통의 사람이라면 아무것도 아닌 일조차 마음대로 할 수 없을 정도의 큰 상처가 있는 것이다.

물론 그렇다고 자신이 제일 좋아하는 귀여운 여자 친구라는 사실이 달라지는 건 아니지만.

"일단 오늘은 안에서 좀 더 얘기나 하자. 최대 2인용이긴 하지만 게임도 있고."

유키의 말에 오타니도 동의했다.
"그래, 쇼핑은 다음에 하면 되지."
하츠시로는 입을 다문 채 고개를 숙이고 있었다.
아마 그녀라서 특히 더, 미안한 마음이 가득한 것 같았다.
그런데.
고개를 든 하츠시로가 꺼낸 말은 예상 밖의 것이었다.
"……아뇨, 갈게요."
그 입에서 간신히 뱉어진 말에 놀라는 유키.
걱정은 됐지만 그녀의 표정은 진지했다.
"하츠시로……."
"……유키 씨에게 언제까지나 응석만 부리고 있을 순 없으니까요."
게다가, 라고 입을 뗀 하츠시로가 작게 미소 지었다.
"……유키 씨가 기뻐해 주신다면, 잘 차려입은 제 모습을 보여드리고 싶어요."
그 미소는 고통 속에서 쥐어 짜낸 억지에 가까웠지만, 두 눈동자 속엔 두려움과 결의가 섞여 있었다.
하츠시로는 다섯 번 정도 심호흡을 반복하더니, 살짝 휘청거리면서도 똑바로 일어섰다.
"유키 씨……. 손, 잡아주시겠어요?"
"응. 절대로 놓지 않을게."
"……감사해요. 응석 부리지 않겠다고 해놓고선 또 이렇게 됐네요."

"나는 좋은데, 하츠시로가 기대주는 거. 좀 더 멋대로 해도 괜찮아."

유키가 그렇게 말하자 하츠시로는 유키의 어깨에 이마를 살짝 기댔다.

"……정말 좋아해요, 유키 씨."

그 말을 들은 유키는 깜짝 놀랐다.

아, 생각해 보니 처음 들은 거구나. 여자 친구에게, 하츠시로에게. 자신을 좋아한다는 말을.

유키의 몸이 화악, 하고 급격하게 달아올랐다.

너무 기뻐서 말조차 나오지 않았다.

하츠시로는 유키의 어깨에서 떨어져서 다시 한번 심호흡했다.

한 걸음을 내디딘다. 휘청이는 걸음걸이로.

손을 꼭 잡고, 다시 한 걸음을 더 내디뎠다.

자연스럽게 서로의 손은 꼭 깍지를 끼고 있었다. 평소처럼 맞대기만 하는 형태가 아니라, 이른바 연인의 손잡기라고 하는 것이었다. 보다 가까이에서 서로의 존재를 느꼈다.

그리고, 한 걸음 더. 현관과 바깥을 구분하는 라인이 눈앞에 있었다.

하츠시로가 손에 힘을 꽉 주었다. 전해져 오는 것은 불안일까, 공포일까.

그래서 유키는 손에 힘을 더 주었다. 괜찮아. 내가 같이 있어, 라고 알려주듯이.

하츠시로는 다시 한번 심호흡을 하더니, 마지막 걸음을 내디뎠다.

"……후우."

거의 2주 만인가. 간만에 바깥세상에 나온 하츠시로는 작게 숨을 내쉬었다.

그리고, 굳게 손을 잡고 있는 유키를 바라보았다.

"……고마워요."

"그래, 애썼……."

"하츠시로 씨!"

유키의 말을 가로막은 오타니가 하츠시로에게 다가가 그대로 머리를 쓰다듬었다.

"정말 잘했어. 대단해!"

"자, 잠깐, 오타니 씨."

조금 거칠게 쓰다듬는 손길에 당황한 하츠시로였지만, 그 얼굴엔 환한 미소가 떠올라 있었다.

그런데 두 분은 어쩌다 알게 되신 건가요?
딱히 특별한 건 없었어
1학년 때 우연히 내가 떨어뜨린 책을 이 녀석이 주워줘서 얘기하게 된 것뿐
난 꽤나 충격적이었지만
소곤…
왜?
사랑의 감옥에 사로잡혀…
떨어뜨린 책이 하드 SM 계열의 BL 책이었기 때문이지!!
?

제4화 첫 외출

그렇게 해서 유키 일행은 조금 떨어진 쇼핑몰에 도착했다. 평일이었지만 사람이 많았기에 혹여나 하츠시로가 멀미를 일으키지 않을까 걱정했지만, 아직까진 괜찮은 것 같았다.

쇼핑몰에는 식당을 중심으로 영화관, 서점, 드러그스토어, 악기 매장, 스포츠 용품점 등 다양한 가게가 들어서 있었다. 패션 쪽만 해도 스무 종류가 넘는 브랜드나 편집숍이 있었다.

"하츠시로 씨는 어떤 느낌의 옷이 좋아?"

오타니는 그중 한 여성복 브랜드 매장 안에서 그렇게 물었다.

"저는……."

오타니의 말에 하츠시로는 두리번거리며 주위를 둘러보았다. 지금까지 이런 곳에 와본 적이 없는 것인지, 좀처럼 "이게 좋다"라고 결정을 내리지 못했다.

그리고, 이런 장소에 익숙하지 않은 것은 유키도 마찬가지였다.

(뭔가 신기한 공간이네.)

많은 옷으로 둘러싸인 가게 안에 있으니 진정되질 않는

기분이었다.

솔직히 말해 유키는 패션에 관해서는 전혀 관심이 없다.

그뿐이랴, 패션에 시간을 들이는 의미도 전혀 이해하지 못했다. 아무튼 중학교 때부터 교복과 학교 지정 체육복만 입고 지내는 데 익숙해진 달인이었던 것이다.

유키에게 있어서 옷을 평가하는 기준이란 '저렴함', '움직이기 편함', '다루기 편함'이 전부였으나, 그래도.

귀여운 여친인 하츠시로가 잘 차려입은 모습을 보고 싶지 않냐고 한다면.

(당연히 완전 보고 싶지!)

그래서, 실은 꽤 들떠 있었다.

"하츠시로 씨. 이런 건 느낌 가는 대로 고르면 돼."

망설이는 하츠시로에게 오타니가 그렇게 말했다.

"그, 그렇군요. 그럼……."

하츠시로가 약간 부끄러운 기색으로 마네킹 하나를 가리켰다.

"좋아, 그럼 저걸로 사 올게!"

그렇게 말한 유키가 곧바로 계산대로 가려고 했지만.

"일단 기다려."

"구엑."

오타니에게 뒷덜미를 잡혀 저지당했다.

"뭐야, 오타니. 내가 잘 모르긴 해도, 이거 하츠시로에게 꽤 잘 어울릴 것 같은데."

하츠시로가 고른 것은 검은색 기조의 차분한 옷이었다. 피부가 희고 긴 흑발의 청초한 분위기를 가진 하츠시로에게 딱 어울린다고 생각한다만.

"뭐, 나쁘진 않은데—."

"뭔가 문제라도 있어?"

유키가 고개를 갸웃했다.

"나도 어울린다고는 생각해. 근데 이건 지금 입고 있는 교복과 별로 다르지 않을 것 같거든."

"아—. 뭐, 듣고 보니 그렇긴 하네."

하츠시로가 평소에 입던 여학교 교복도 단정한 디자인이었다.

"근데 비슷해도 딱히 상관없지 않나?"

"이왕 사는 거니까 평소와는 다른 분위기가 좋잖아? 넌 이해하기 힘들겠지만, 그런 즐거움도 있는 법이야."

그, 그런가. 역시 잘 아는군. 속으로 감탄하는 유키.

"유키, 네가 골라주는 건 어때? 하츠시로 씨도 네가 봐주길 원해서 입으려는 거니까."

"음? 내가?"

"하츠시로 씨도 유키가 고른 거라면 불만 없겠지?"

오타니의 말에 얌전히 고개를 끄덕이는 하츠시로.

"그, 그렇군. 좋았어—."

그렇게 돼서, 가게 안을 둘러보았지만.

(틀렸어. 전혀 모르겠다.)

의욕에 불타 하츠시로에게 어울리는 옷을 골라주겠어!! 라는 것까진 좋았는데, 유감스럽게도 지식과 감성이 치명적으로 결여된 유키였기에 진열된 옷을 봐도 아무런 이미지가 떠오르지 않았다.

유키가 오타니에게 물었다.

"……저기, 이런 건 어떤 기준으로 골라야 하지?"

"아까도 말했잖아. 느낌이야, 느낌."

"어쩌라는 건지……."

"너 남자잖아. 하츠시로 씨에게 입히면 다리 사이에 붙어있는 또 다른 네가 반응할 만한 걸로 고르면 되지 않겠어?"

"야 인마, 현역 여고생이 뭐라는 거야."

"효율적이고 효과적인 방법이라고 생각하는데? 『너한테 달린 너를 믿어.』"

최악의 천원돌파(일본의 인기 애니메이션. "네가 믿는 너를 믿어"라는 명대사로 유명하다)다.

"뭐, 그런 기준으로 고르면 보통은 걷어차이겠지만."

"그렇겠지."

참고로, 사타구니 얘기는 제쳐두고 단순한 느낌만으로 고른다고 해도 결국 똑같다. 유키 역시 평상시 익숙해진 복장과 비슷하다는 이유로 하츠시로와 같은 것을 골랐다.

의외로 이런 부분에서는 서로 닮은 것일지도 몰랐다.

"결말이 안 나겠네……. 저기, 하츠시로 씨. 이렇게 된 거 내가 골라줘도 될까?"

"네? 아, 네. 폐가 안 된다면……."

"폐라니, 하츠시로 같이 귀여운 사람의 옷을 입혀주는 건 꽤 즐겁거든."

"그, 그럼, 부탁합니다……."

"좋았어, 실력 발휘 좀 해볼까."

◇

"후우."

유키는 쇼핑몰 한쪽에 마련된 의자에 앉아 들고 온 수학 참고서를 읽고 있었다. 오타니가 "놀라게 해줄 테니까 다 고를 때까지 근처에서 적당히 돌아다니고 있어"라고 말했기 때문이었다.

"그건 그렇고 여자의 쇼핑은 길다는 게 사실이었구나. 적분까지 다 읽었는데."

그런 생각을 하고 있을 때.

"기다렸지, 유키."

유키가 참고서에서 시선을 들자, 오타니가 눈앞에 당당히 서 있었다. 상당히 흡족해 보이는 얼굴이었다.

"상당한 역작이 나왔지 뭐야. 역시 소재가 좋으면 고를 맛이 난다니까."

"오오, 그러냐. 그건 기대되네……. 그래서, 그 하츠시로는 어디 갔는데?"

그렇게 생각했더니, 오타니 뒤에 숨어있었다.

"……저, 오타니 씨. 역시 부끄러워요."

"무슨 소리야. 유키에게 보여주려고 사러 온 거잖아? 이 녀석도 빨리 보고 싶어 하는 것 같은데."

"……그런가요?"

오타니의 등 뒤에서 얼굴을 살짝 내민 하츠시로가 그렇게 물었다.

"뭐, 그, 그렇지. 근데 그렇게 부끄러우면 억지로 강요는 안 해. 집에 가서 좀 진정한 뒤에 봐도……."

"라고 하면서 몸은 왜 그렇게 기울어져 있는 건데……."

누가 봐도 흥미진진해 보이는 유키의 모습에, 오타니가 어이없다는 얼굴로 말했다.

"……저기, 알겠어요. 그럼……."

하츠시로가 쭈뼛거리며 오타니의 뒤쪽에서 걸어 나왔다.

그 모습을 본 순간,

"…………………………………………………………."

유키는 입을 벌린 채 그대로 굳어버렸다.

"……저, 어떤, 가요. 이상하진 않……."

"진~짜 귀여워!!"

유키는 무심코 그렇게 외쳤다.

"……그, 그런가요."

"아, 굉장하네. 그래. 이렇게나 다른 귀여움이 될 수도 있는 건가."

유키의 모습에 히죽히죽 웃은 오타니가 만족스러운 얼굴로 코디에 대해 설명했다.

"평소 입는 검은색 교복은 차분한 분위기였으니까 좀 활동적인 느낌을 주고 싶었거든. 그래서 밝은 베이지색 롱 가디건에 머리엔 원 포인트로 뉴스보이캡을 코디해 봤어."

"그렇군. 귀여워."

"하츠시로 씨니까 스커트도 어울릴 것 같았지만, 여기선 과감하게 화이트그레이 팬츠로 약간의 디테일을 더했고."

"그렇군. 정말 귀여워."

"하지만 뭐니뭐니 해도 하츠시로 씨의 본래 특색은 정숙함이니까, 발밑은 청초하게 뮬 슈즈를 신기고 셔츠는 둥근 칼라로 해 봤……."

"그렇군. 최고로 귀여워."

"……안 듣고 있네."

오타니가 어이없다는 듯한 얼굴로 한숨을 내쉬었다.

솔직히 패션 지식이 전무한 유키에게 오타니의 말은 이세계의 주문만큼이나 알아듣기 어려웠다.

그래도 눈앞에 있는 하츠시로의 신선한 귀여움만은 이래도 되나 싶을 정도로 잘 전해졌다. 원래 가만히 있어도 굉장한 미소녀였기에, 이건 거의 반칙 수준이었다. 깨닫고 보니 지나가는 사람들도 남녀 가리지 않고 힐끔거리며 하츠시로를 보고 있었다.

"……살아 있어서 다행이야."

"아— 그래그래. 골라준 사람으로서도 그렇게 『귀엽다 귀엽다』 해주면 나쁜 기분은 아냐. 근데 적당히 안 하면 여친 님 쓰러진다."

그 말에 돌아보니, 하츠시로의 얼굴이 잘 익은 사과처럼 빨개져 있었다.

"아아, 미안. 너무 큰 소리로 귀엽다고 연발하면 부끄럽겠지."

"……아뇨, 그, 감사해요."

얼굴을 붉힌 하츠시로가 유키를 올려다보았다. 옅게 화장도 한 것인지 입술이 살짝 반짝거렸다. 아, 위험한데 이거. 꼭 끌어안고 싶어졌어.

그렇게 스스로와 싸우고 있는 유키의 어깨를 오타니가 잡았다.

"자, 다음은 너야."

"어? 왜?"

"내 실력으로 아름답게 탈바꿈한 하츠시로 씨 옆에서 그런 촌스러운 교복을 입고 있는 건 죄야. 그러니 강제 연행하겠어. 자, 빨리 남자 코너로 가자."

"실화냐~."

◇

하츠시로는 같은 층에 있는 찻집에서 기다리게 하고, 유키는 오타니와 둘이서 남성용 가게로 들어갔다.

"일단 너는…… 이거랑, 이거랑, 이 정도네."

"너, 내 옷은 꽤나 쉽게 고른다?"

"뭐, 하츠시로랑 비교하면 소재가…… 그렇잖아?"

"야, 인마."

무례하기 짝이 없는 말을 하는 오타니지만, 유키 본인도 조금 전 하츠시로의 모습을 떠올리며 그녀와 비교하면 어쩔 수 없다고 생각했다.

"농담이야, 농담. 사실 넌 키도 큰 편이고 몸도 좋으니까. 의외로 벗으면 위험한 타입이란 말이지."

"뭐, 중학교 땐 운동부였고, 아르바이트도 몸 쓰는 것 위주니까."

공부를 하면 머리를 써야 하기 때문에, 아르바이트 정도는 머리를 쉬게 하려는 생각에서였다.

실제로도 몸을 움직이면 푹 잘 수 있어서 좋기도 하고.

"얼굴은 뭐…… 전체적으로 조금만 손보면 인기 있지 않을까?"

"그거, 그냥 내 얼굴 전체를 부정하는 거 아니냐."

"그렇지도 않아. 너 같은 느낌을 좋아하는 사람도 있을 거라고 생각해……. 아마도."

"아마도냐고……. 그래도 괜찮아. 나한테는 하츠시로가

있으니까!"
"네네, 뜨겁네요. 자, 빨리 입어나 봐."
그렇게 말하며 오타니가 옷을 밀어붙였다.
유키는 그것을 받아들고 탈의실 안으로 들어갔다. 머리끝부터 발끝까지 보이는, 평소 유키에겐 익숙하지 않은 거울이 그를 맞이했다.
(이렇게 큰 거울을 보는 건 고등학교 교복 샀을 때 이후로 처음인가…….)
라는 생각을 하며 유키는 오타니가 고른 옷을 입기 시작했다.
"으음, 역시 이런 바지는 좀 답답한데."
"요즘은 데님이라고 하거든."
"뭐, 멋은 곧 인내라는 말도 있으니까. 이걸로 하츠시로가 기뻐해 준다면 대환영이지."
"고작 스키니진 입은 걸로 그런 말을 지껄이면 세상 여자들한테 얻어맞을걸……."
오타니의 어이없다는 목소리가 탈의실 커튼 너머로 들려왔다.
거기서 잠시 대화가 중지되었지만, 곧 오타니가 약간 톤을 낮춘 목소리로 입을 열었다.
"……하츠시로 씨의 일."
아무래도 진지한 얘기 같았다. 유키는 옷을 갈아입으면서도 차분히 귀를 기울였다.

"내가 한번 알아볼게."

아마도 하츠시로의 과거 얘기일 것이다. 전에 하츠시로가 다니는 여학교에 아는 사람이 있다고 했었으니까.

"잠깐, 그건……."

"오늘 하루 얘기를 나눠보니까, 하츠시로 씨가 꽤나 무거운 사실을 숨기고 있다는 게 싫을 정도로 눈에 보였어. 대체 어떤 경위로 너한테 굴러 들어간 건지는 모르겠지만……. 상처받고 비라도 맞고 있는 애한테 말이라도 걸었니?"

"……뭐, 그런 셈이지."

상처받고 비를 맞고 있던 것도 맞지만, 거기에 더해 폐건물에서 뛰어 내리려고 했다는 것까진 상상하지 못한 것 같다.

"그 부분을 억지로 알아내려 하지 않고, 하츠시로 씨가 직접 얘기해줄 때까지 놔두고 싶어 하는 건 알고 있어. 그러니 이건 그냥 내가 내 멋대로 하는 거야. 내가 궁금하니까 멋대로 하츠시로 씨에 대해 알아보는 거고, 원치 않는다면 알아낸 걸 네게 알려줄 생각은 없어. 뭐, 한마디로……."

잠시 멈춘 오타니가, 다시 밝은 목소리로 입을 열었다.

"그 애가 마음에 들어서 간섭하고 싶어졌다는 거지."

오타니다운 말이었다. 유키는 저도 모르게 미소를 지었다.

"너 좋은 여자구나."

"당연하지. 모르고 있었어? 나는 세계 유수의 좋은 여자야."

"그걸 자기 입으로 말하네."

"……그래서, 다 갈아입었어?"

"그래."

말하는 사이 옷을 다 갈아입은 유키는 탈의실 커튼을 열었다.

"어때, 오타니?"

솔직히 본인으로서는 좋고 나쁨을 알 수 없었던 유키가 오타니에게 물었다. 일단 자체 평가로는 그렇게까지 나쁘지 않은 것 같았지만.

"……응. 정석에 가까운 검은색 바탕의 캐주얼. 생각보다 더 좋아서 놀라운데."

오타니는 그렇게 말하며 자신의 짐을 집어 들었다.

"음? 어디 가는 거야."

"돌아가려고. 슬슬 통금시간이라."

오타니의 집에 통금이 있었다니 금시초문이었다. 뭐, 고등학생 딸에게 통금시간이 있는 건 당연할지도 모르겠지만…….

"너 얼마 전에 카페에서 심야까지 만화 그리지 않았던가?"

유키도 시험을 앞두고 같은 카페에서 공부를 했었다.

"글쎄, 잘 모르겠네. 그보다 옷 입은 거 하츠시로 씨에게 보여줘야지. 아직 시간도 좀 있으니까 적당히 돌아다니다가 들어가도 되고."

그렇게 말한 오타니는 손을 흔들며 가게를 빠져나갔다.

"……혹시 나랑 하츠시로를 신경 써 준 건가?"

그렇다면 인정할 만했다. 과연 세계 유수의 좋은 여자.

"고맙다……. 그럼 배려도 받았겠다, 하츠시로랑 둘이서 근처라도 돌아다녀 볼까."

목적 없이 돌아다니는 것은 평소라면 절대 하지 않았을 짓이지만, 하츠시로와 함께라면 그것도 즐거울 것 같았다.

"……잠깐, 그럼 이거, 데이트 아닌가?"

그런 연유로, 유키는 뜻하지 않게 여자 친구와 첫 데이트를 하게 되었다.

◇

"……데이트라."

그래, 데이트였다. 세상의 모든 연인들이 한다는 바로 그것.

하지만 문제가 있었다.

(데이트는 뭘 하면 좋지?)

유키는 그에 관해 적당한 이미지가 떠오르지 않았다. 기본적으로 둘이서 이 쇼핑몰을 돌아다니면 된다는 것쯤은 알고 있다. 하지만 그걸로 충분한 걸까? 세간의 데이트라는 것은 좀 더 이것저것 할 게 많다는 이미지였는데.

(뭐, 모르는 걸 생각해 봐야 소용없지. 일단 뭘 할지 하나를 정하자. 그러니까…….)

유키가 스스로에게 묻자 하나의 이미지가 떠올랐다.

아아, 손잡고 걷고 싶다.

그건 바로, 자신과 하츠시로가 손을 꼭 잡고 걷는 모습이었다.

응. 좋네. 뭔가 따뜻해지는 느낌이고. 제대로 데이트 같고.

그런 생각을 하면서 유키는 하츠시로가 기다리고 있는 찻집으로 들어갔다.

"오, 오래 기다렸지. 하츠시로."

처음으로 평소와 다른 모습을 보인다는 불안감 때문일까, 약간 들뜬 목소리가 나오고 말았다.

"아, 유키 씨. 잘 둘러보……셨……."

고개를 들어 유키를 바라본 하츠시로의 목소리가 뒤로 갈수록 작아졌다.

"……어, 어이. 왜 그래."

약간 멍해 보이는 얼굴이었다. 오랜만의 외출이라 피곤해서 몸이라도 안 좋아진 걸까?

그렇게 생각한 유키가 얼굴을 들여다보려고 하자, 하츠시로는 고개를 돌려버렸다.

아, 설마…….

"아니면…… 그 정도로 안 어울리나."

그럭저럭 괜찮은 느낌이라고 생각했는데…… 살짝 서글펐다.

"아, 아뇨…… 그게 아니라. 오히려……."

하츠시로가 고개를 다시 이쪽으로 돌렸다. 얼굴이 발갛게 물들어 있었다.

"……멋있어서, 저도 모르게 시선을 돌려버렸어요."

"……그, 그래."

유키도 따라서 얼굴이 붉어졌다.

평소와는 다른 분위기를 띤 하츠시로에게 그런 말을 들으니, 한층 더 민망한 기분이었다.

"아, 맞다……. 오타니는 통금시간이 있어서 먼저 돌아갔어."

"그, 그런가요……. 다음에 다시 인사드려야겠네요……."

"그러게……."

"네……."

젠장.

도무지 대화가 이어지질 않잖아.

한동안 두 사람 모두 얼굴을 붉힌 채 침묵을 유지하다가.

"자, 잠깐 화장실 좀 다녀올게."

결국 더는 참지 못한 유키가 일시 후퇴하고 말았다.

"젠자아아아앙, 왜 거기서 쫄아 버린 거냐고오오오!!"

유키는 남자 화장실의 세면대 앞에서 머리를 쥐어뜯고

있었다.

괜찮은 분위기였잖아!!

그대로 오른손을 내밀고 "……가자, 하츠시로"라고 하면 손잡고 걸을 수 있었잖아!!

한심하고 분한 나머지 세면대 옆에 놓인 핸드 드라이어를 탕탕 두들겼다.

"젠장, 이 파나ㅇ닉 녀석!! 마르는지 안 마르는지도 모를 엉성한 바람이나 불어대고."

완전한 화풀이였다. 그에게 죄는 없었다.

참고로 이 화장실에 설치된 것은 오래된 제품으로, 최신 제품은 단시간에 제대로 말랐다. 기술의 진보는 위대했다. 칭찬하마, 파나ㅇ닉.

"……후우, 진정하자. 아직 당황할 필요 없어."

유키는 심호흡을 하고 침착하려 애썼다.

"좋아."

모처럼의 첫 데이트. 능숙하게 해내서 하츠시로도 즐겁게 해주겠어.

◇

그런 기분으로 단단히 마음먹고 나온 유키였지만.

"뭐 어때, 어차피 한가하잖아?"

"이 근처에 괜찮은 가게가 있어. 저녁 아직이지? 내가 쏜다니까."

화장실에서 돌아오니 대학생 정도로 보이는, 머리를 탈색한 2인조가 하츠시로에게 말을 걸고 있었다.

하츠시로는 고개를 숙인 채 굳어 있었다.

아뿔사, 하는 생각이 들었다.

지금의 하츠시로는 객관적으로 봐도 상당한 미소녀였다. 그것도 평소 교복 차림의 고요한 분위기가 아니라, 밝은색으로 코디한 패션 덕분에 더 눈에 띄었다. 혼자 있을 때 눈독 들이는 남자가 있어도 이상하지 않은 것이다.

"저기, 왜 아까부터 아무 말도 없어? 기분 나쁘게?"

아니, 어떻게 봐도 겁먹은 거잖아. 그 정도는 눈치채라.

유키는 서둘러 다가가 말을 걸었다.

"기다렸지, 하츠시로."

"넌 뭐야?"

2인조 중 한 사람이 유키를 노려보았다.

"방해하지 말라고. 자, 가자. 밖에 차 세워놨어."

그렇게 말하며 다른 한 사람이 하츠시로에게 손을 뻗었다. 유키가 그 손을 잡아챘다.

"지금 뭐 하는…… 아야야야야."

아, 너무 세게 잡았나.

짐을 운반하는 아르바이트로 단련된 유키의 악력은 굉장했다.

"미안미안."

“뭐 하는 짓이야, 이 자식아!”
실수했다, 하고 유키는 생각했다.
섣부르게 자극하고 말았다.
현재 유키는 특대생이었다. 싸움에 얽히는 것은 좋지 않았다. 만약 전혀 손을 대지 않고 일방적으로 얻어맞는다고 해도 쓸데없는 의심을 살 수 있었다.
그때.
“어? 유키 아냐?”
유키의 등 뒤에서 목소리가 들려왔다.
붙임성 좋고 야구부 에이스에 정기 시험에서 학년 10위 이내를 놓치지 않는 완벽한 초인이면서도 오타니에게 홀딱 반해있는 살짝 아쉬운 미남, 후지이 료타였다.
오늘은 유니폼도 교복도 아닌 평상복. 유키는 스스로의 안목에 자신이 없었지만, 얼핏 봐도 패션 센스가 좋다는 느낌이었다. 옷의 종류는 모르겠으나 전체적으로 단순하고 흠잡을 데 없는 산뜻한 모습이었다.
“음~.”
“뭐, 뭐야 넌. 이놈 친구냐?”
대학생들은 키 190cm의 장신인 후지이를 앞에 두고 다소 주눅이 든 것 같았지만 여전히 위협적으로 말했다.
후지이는 유키와 그들을 보며 음~ 하고 중얼거렸다.
“형님들, 일단 좀 진정하시고 잠시만 기다려주실래요?”
그리고 가까운 자리에 앉아 있던 여고생 3인조에게 다가가 말을 걸었다.

"저기, 너희들. 나랑 저기 대학생 형들이 지금 밥 같이 먹을 여자애를 찾고 있는데, 괜찮으면 갈래?"

겉치레 없는 직설적인 권유였지만, 배우나 연예인이 울고 갈 정도의 미남이 말을 걸어왔기에 여고생들은 안절부절못하면서도 그와 잠시 이야기를 나눴고, 후지이가 조금 더 밀어붙이자 결국 권유를 받아들였다.

"이렇게 됐으니 남친 있는 애를 상대하는 것보단 이 아이들이랑 노는 편이 낫지 않을까요? 저도 같이 가게 됐지만요."

그렇게 말하며 빙긋 웃어 보이는 후지이.

대학생들은 잠시 서로의 얼굴을 마주 보더니 금세 미소가 피어올랐다.

"잘했다, 고딩!!"

"좋아, 계산은 우리한테 맡기라고!! 아, 그리고 너 이 녀석 남친이었구나. 미안하게 됐다. 이걸로 맛있는 거라도 사 먹어라."

그러면서 대학생들은 지갑에서 오천 엔짜리 지폐를 꺼내 테이블 위에 올려놓았다.

약간 성미가 급했을 뿐, 인심 좋은 남자들이었다.

그리고 대학생 두 명은 의기양양하게 여고생들 쪽으로 진격했다.

유키는 곧바로 하츠시로에게 말을 걸었다.

"괜찮아, 하츠시로?"

"……아, 네. 좀 긴장하긴 했지만, 저, 감사해요."

그렇게 말하며 후지이에게 고개를 숙여 보이는 하츠시로.

"아아. 나도 고마워, 후지이."

"에이, 별일도 아닌데. 유키는 내 생명의 은인이기도 하고."

후지이는 손을 흔들며 그런 말을 했다.

은인, 이라고 후지이는 말했지만 유키는 그런 말을 들을 만한 기억이 없었다.

1학년 때부터 의미도 모르고 듣고 있는데, 정작 후지이는 물어봐도 무슨 뜻인지 알려주질 않았다.

"그건 그렇고 후지이, 대단한 실력이네."

"딱히 그렇지도 않아. 저 3인조, 보니까 대충 놀다가 질려서 누군가 말을 걸어주길 기다린 것 같고…… 그보다."

후지이가 하츠시로 쪽을 바라보았다.

"네가, 유키의 여친?"

"아, 네."

고개를 끄덕이는 하츠시로. 후지이는 그런 하츠시로를 물끄러미 바라보았다.

"흐음, 꽤 놀라운데. 유키가 하도 귀엽다 귀엽다 하길래 어느 정도일까 궁금하긴 했는데, 듣던 것 이상으로 귀여워."

오타니와 같은 반응을 보이는 후지이.

"그렇지그렇지. 하츠시로는 귀여……."

"있지, 유키 같은 거 말고 나로 교체하는 건 어때?"

생글생글 웃으면서 그런 말을 뱉는 후지이.

"야, 인마."

"……저기."

하츠시로가 살짝 난처한 얼굴로 말했다.

"마음은 기쁘지만, 유키 씨는 제게 과분할 정도로 멋진 남친이라……."

"그, 그래……."

직접적인 칭찬을 듣고 얼굴을 붉히는 유키.

"왜, 왜 빨개지시는 거예요……."

하츠시로도 부끄러워진 것인지 얼굴을 붉혔다.

그런 두 사람을 보던 후지이가 웃음을 터뜨렸다.

"하하하, 농담이야, 농담. 나한텐 쇼코가 있으니 말이야."

그러면서 후지이는 유키의 어깨를 두드렸다.

"하츠시로랬나? 좋은 여친이네."

"그, 그렇지."

"그럼 난 저쪽에서 놀게. 두 사람도 재미있게 놀다 가~."

후지이는 그렇게 말하고는 조금 전의 대학생과 여고생들에게 걸어갔다.

◇

"……엄청난 사람이었네요. 후지이 씨, 였나요?"

헌팅을 건 대학생과 후지이가 떠난 뒤, 하츠시로가 그렇게 중얼거렸다.

"아아, 그렇지. 저 녀석은 굉장한 놈이야."

"게다가 유키 씨와 사이가 좋은 것 같아요."

"으음, 뭐. 자주 얘기하긴 하지."

사실상 학교에서 쉬는 시간조차 거의 공부에 매진하는 유키가 그나마 얘기하는 상대는 오타니와 후지이 정도였다.

"조금 부러운 것 같아요……."

"부럽다고?"

"……네. 저도 학교에서의 유키 씨를 보고 싶거든요."

"그, 그런가……."

으음. 정말이지, 예쁘게 꾸민 하츠시로에겐 무슨 말을 들어도 부끄러워지고 만다.

"……그, 일단은. 우리도 슬슬 가 볼까. 이왕 나왔으니까 둘이서 좀 더 둘러보자."

"네, 네에. 그런데, 저기……."

하츠시로가 조금 머뭇거리며 입을 열었다.

"이, 이건…… 데이트, 라는 건가요?"

약간 불안해 보이는 표정이었다.

자신과 똑같이 긴장하고 있는 하츠시로를 보고, 유키는 어깨에 들어간 힘이 살짝 빠지는 기분이었다.

"그래, 데이트지. 자, 가자. 하츠시로."

하츠시로가 불안해하지 않도록, 분명한 목소리로 유키는 그렇게 말했다.

그렇지. 내가 잘 리드해 줘야겠지.

"네, 네."

하츠시로가 그 소리에 이끌려 몸을 일으켰다.

그 순간. 털썩, 무릎에 힘이 빠진 하츠시로가 다시 의자에 주저앉았다.

"하츠시로!! 왜 그……."

거기서 유키는 깨달았다. 하츠시로의 몸이 떨리고 있었다.

"미안해요…… 유키 씨……."

"……하츠시로."

아아, 그런 거였군.

그야 당연하지.

"……아까 두 사람이 다가와서, 무서웠구나."

"……네. 죄송해요."

생각해 보면 너무나 당연한 얘기였다.

밖으로 나와 인파 속을 거니는 것만으로도 지금의 하츠시로에겐 큰 부담이었을 것이다.

"……괜찮아요. 금방 일어날 수 있어요."

"아니, 그렇게 무리하지 않아도……."

"아뇨……."

하츠시로가 고개를 저으며 조금 강한 어조로 그렇게 말했다.

"……유키 씨와의 데이트, 저도 하고 싶으니까요."

그렇게 말하며 웃는 하츠시로.

그 미소는 조금 어색했다. 무섭고 힘든 것을 필사적으로 견디며 유키에게 걱정을 끼치지 않으려는 모습이 고스란히 전해졌다.

아아, 기특하네. 그런 생각이 문득 들었다.

유키 역시 그런 사랑스러운 여자 친구와 데이트를 하고 싶었다. 굉장히 기대가 됐다.

그렇기에.

"……응. 하츠시로, 오늘은 돌아가자."

그 말에 하츠시로가 눈을 크게 떴다.

"아뇨, 그런……. 안 돼요. 전 괜찮아요. 금방 일어날 수 있으니까."

그렇게 말하며 테이블에 손을 짚고 일어서려는 하츠시로.

하지만 떨리는 손발로 인해 힘이 잘 들어가지 않았다.

유키는 최대한 상냥한 어조로 말을 걸었다.

"……괜찮아. 처음 손을 잡으려고 했을 때도 말했잖아. 하츠시로도 기뻐해야 의미가 있는 거야."

"아뇨, 저는. 저도 유키 씨랑 데이트하고 싶어서……."

"그렇다고 해서, 하츠시로가 힘든 걸 참으면 의미가 없어. 지금 이 상태로 하츠시로를 여기저기 끌고 다닐 순 없잖아. 그러니까, 오늘은 돌아가서 푹 쉬자."

"……유키, 씨."

고개를 푹 숙이는 하츠시로. 그녀 성격에 분명, 폐를 끼쳤다고 스스로 자책하고 있을 것이다.

그래서 유키는 밝은 목소리로 입을 열었다.

"그 대신, 갈 때 나랑 손잡고 걸어가지 않을래?"

"……네?"

"물론 평범하게 잡는 건 아니야. 커플의 손잡기라고, 서로의 손을 이렇게…… 꽉 잡고 돌아가는 거야. 사실 난 데이트 자체보다도, 이걸 더 하고 싶었거든."

그 말에 멍해진 하츠시로를 향해, 유키는 자신의 오른손을 내밀었다.

하츠시로는 입을 다문 채 그 손을 바라보더니, 다시 유키를 바라보았다.

유키도 아무 말 않은 채, 그저 작게 미소 지으며 하츠시로의 눈동자를 마주 보았다. 오타니에게 야쿠자 같다는 말을 들을 정도로 눈초리가 사나운 그였다. 제대로 상냥한 얼굴을 하고 있다면 좋을 텐데.

"……그러니까 하츠시로. 손을 잡고, 같이 집으로 걸어가자……. 알았지?"

유키는 시선을 마주한 채로 오른손을 내밀며, 다시 한번 그렇게 부탁했다.

하츠시로가 살짝 눈을 내리깔았다.

"……으읏."

그 눈에 눈물이 어렸다.

그리고, 내민 유키의 오른손 위에 하츠시로의 왼손이 얹어졌다.

“……정말로, 유키 씨는…… 얼마나 더 상냥하게 대해주셔야 직성이 풀리실 건가요.”

유키는 떨리는 하츠시로의 손을 단단히 잡아주며 말했다.

“나는 내가 하고 싶은 걸 할 뿐이야.”

“……그래도, 기뻐요.”

손으로 전해지는 하츠시로의 떨림이 조금 가라앉았다.

“설 수 있겠어?”

“……네.”

하츠시로는 그렇게 말하며 천천히 의자에서 몸을 일으켰다.

유키에게 이끌려 조금 비틀거렸지만, 제대로 스스로의 힘으로 일어섰다.

“그럼…… 돌아갈까.”

“……네.”

그대로 두 사람은 걷기 시작했다.

쇼핑몰을 나와, 돌아가는 길에서도 손을 잡고 걸었다.

한동안 걷다 보니 하츠시로의 떨림은 어느새 사라져 있었다.

표정도 한결 편안해져서, 요즘 집에서 늘 보는 하츠시로의 얼굴이었다.

“……유키 씨.”

“응. 왜 그래?”

유키의 대답에, 하츠시로가 잡고 있던 손을 힘줘서 더 꼭 잡아 왔다.

"우앗!?"

갑작스러운 상황에 살짝 놀란 나머지 소리를 내뱉은 유키.

"……후후."

하츠시로는 그 모습을 보고 작게 웃었다. 어쩐지 진 기분이다.

"복수다."

그래서 유키도 손을 더 꼭 잡아주었다.

"……읏."

하츠시로도 놀라서 소리를 냈다. 유키는 그 모습을 보며 히죽거렸다.

"우우……."

볼을 부풀리는 하츠시로.

"에잇."

"우앗!"

다시 하츠시로가 손을 세게 잡아 왔다.

"이얍."

"……으."

그래서 유키도 다시 되돌려 주었다.

그 후, 집에 도착할 때까지 서로의 손을 꾹꾹거리며 잡아 댄 하츠시로와 유키였다……. 유키에게는 지금 돌아가는 이 길이 가장 피곤했을지도 모른다. 물론 기쁘긴 했지만.

제5화 평범한 옛날이야기

평소와 같은 점심시간.

"뭐야. 기껏 사놓고선 하츠시로 씨도 너도 그 후로 옷을 안 입었다고?"

"음, 역시 입고 있으면 나도 하츠시로도 진정이 안 돼서 말이야. 특별한 날 둘이서 외출할 때 입기로 했어."

"그렇게까지 거창한 걸 골라준 기억은 없는데……. 아니다, 너희들답네."

유키는 참고서를, 오타니는 소년만화『캡틴○바사』를 읽고 있었다. 불후의 명작이라는 것쯤은 유키도 알고 있었으나, 새삼스럽게 왜 이제 와서 읽느냐고 물었더니 "BL계 일대에선 유명하다"라는 것 같다…… 그냥 놔두자.

그런 그곳에.

"쇼코우~!"

교실 문을 힘차게 열며 후지이가 뛰어 들어왔다. 오늘도 여전히 산뜻한 면상을 가진 미남이었다.

얼마 전 하츠시로를 헌팅하던 대학생들을 쫓아냈을 때의 침착하고 자연스러운 태도는 허공의 저편으로 사라지고, 오타니를 향해 루○3세도 울고 갈 기세로 달려든다.

완벽한 변태였다.

"오늘도 멋있구나! 신혼여행은 하와이나 유럽 어딘……."
"흠!!"
"크헉!?"
오타니의 실내화 바닥이 학교 제일의 미남 얼굴에 박혔다.
"……방금『빠각』하는 둔탁한 소리가 났는데, 괜찮냐?"
유키가 걱정했지만.
"……아아, 괜찮아괜찮아. 오히려 이런 것도 의외로 좋을지도."
후지이는 깔끔하게 실내화 자국이 새겨진 안면으로 황홀한 표정을 지으며 일어섰다.
변태였다.
"그러니 쇼코, 한 번만 더 차 볼래?"
오타니는 변기에 붙은 타인의 ㅇ을 보는 듯한 눈으로 말했다.
"싫어. 만지고 싶지도 않아, 이 망할 변태."
"아아…… 매도당하는 것도, 조금씩 뜨거운 게 치밀어 오르는 느낌이야……."
변태였다.
오타니는 상종하기도 싫다는 듯이 크게 한숨을 내쉬며 만화 쪽으로 시선을 돌렸다.
유키는 후지이에게 말했다.
"너도 참 대단하다. 오타니에게 작업 걸려고 굳이 층도 다른 우리 반까지."

"아니, 오늘은 유키에게 전할 말이 있어서 왔어."
"나한테?"
"그래. 담임 선생님이 다시 알려주시겠지만, 방과 후에 교장실로 와 달라셨어."

◇

그리고 방과 후.
"근데 교장님한테 직접 불리다니 무슨 일이지?"
교장실 문 앞까지 온 유키는 그런 생각을 했다.
유키는 평범한 학생보다는 교장과 교류가 있는 편이었다. 그가 SA 특대생이었기 때문인데, 매 학기 한 번씩 교장과 면담을 하며 앞으로도 이대로 잘해달라는 말을 듣곤 했다.
하지만 특별히 문제 행동을 일으킨 적이 없던 유키였기에 지금까지 그 외의 이유로 호출된 적은 없었다. 지난번도, 지지난번도 성적은 학년 톱이었기에 그런 이유는 아닌 것 같았지만.
그런 생각을 하며 유키는 문을 열고 교장실 안으로 들어갔다.
"아, 유키 학생. 잘 지냈나?"
열자마자 정면으로 보이는 커다란 나무 책상에 앉은 교장이 온화한 목소리로 말했다.

교장은 50대 후반으로, 백발이 무성한 머리를 올백으로 올리고 양복을 입고 있었다. 옷차림과 머리 모양만 보면 꽤나 위압감이 있었지만, 축 처진 눈썹의 정겨운 얼굴과 느긋하고 온화한 말투 때문에 그저 마음씨 좋은 할아버지로 보였다.

전교생들이 모인 자리에서 교장의 말과 함께 잠의 세계로 끌려들어 가는 학생이 끊이질 않는 이유이기도 하다.

"미안하구나. 방과 후엔 늘 자습을 하는데 그 시간을 빼앗았겠구나."

"아뇨, 잠시라면 괜찮습니다. 그래서 무슨 일이시죠?"

"아아, 그렇지. 자세한 이야기는 이분이 해줄 거다."

그렇게 말한 교장이 손님용 소파로 눈길을 보냈다.

그곳엔 야구부 유니폼을 입은 두 사람이 앉아 있었다.

그중 한 사람은 후지이. 유키와 눈이 마주치자 조그맣게 "여어" 하고 입만 움직이며 손을 들어 보였다.

그리고 또 한 사람은 교장보다 젊어 보이는, 30대 후반쯤의 낯선 남자였다.

"이거 만나서 반갑네, 유키 유스케. 올해부터 야구부 코치를 맡게 된 시미즈 코지다."

그렇게 말하며 소파에서 일어난 시미즈는, 후지이만큼은 아니지만 상당한 장신이었다. 교장과는 정반대로 예리하고 활기 넘치는 용모였다.

유키는 내밀어진 오른손을 잡아 악수를 했다.

"처음 뵙겠습니다."

"……음. 3년 넘게 야구에서 손을 뗐는데도 멋진 손을 갖고 있구나. 역시 자네는 우리 야구부 에이스에 어울린다, 유키!"

시미즈는 응원단이나 극단 배우의 배에서 나오는 듯한 우렁찬 목소리로 그렇게 말해왔다.

"……네?"

"안심하거라. 나도 고등학교 시절엔 부상으로 1년 가까이 던지지 못했던 시기가 있었지만, 그 정도의 공백은 노력만 한다면 반년도 안 돼서 되돌릴 수 있다. 당연히 나도 협력하마!"

목소리 자체는 호쾌하고 또렷했지만, 하는 말이 의미불명이었다.

유키는 후지이에게 "뭐야 이거?"라는 시선을 보냈다.

후지이는 "그런 거야"라며 고개를 저어 보였다. 그 표정에는 질렸다는 기색이 떠올라 있었다.

그보다, 어쩐지 이 사람…… 어디에선가 본 적이 있는 것 같은데…….

"저기, 혹시 어디서 뵌 적이 있나요?"

유키가 그렇게 묻자 시미즈는 살짝 인상을 찡그리더니 쓴웃음을 지어 보였다.

"하하하, 그래도 나름 이름이 알려져 있다고 생각했는데."

그런 시미즈를 향해 후지이가 말했다.

"그러니까 말했잖아요, 코치님. 유키 녀석, 지금 야구는 완전히 관심 밖이에요. 유키, 시미즈 코치님은 전 프로야구 선수셔."

"……아아, 시미즈 선수!"

유키는 간신히 떠올렸다.

시미즈 코지. 고등학교 졸업 후 1년 차부터 1군 마운드에서 활약하며 최다 탈삼진 등의 타이틀도 획득한 전적이 있는 프로야구 선수였다. 부상이라는 이유도 있어서 9년 전 젊은 나이에 은퇴했지만 당시의 야구 소년들이라면 이름 정도는 어디선가 들어본 적이 있는 존재였다.

설마 우리 고등학교 야구부의 코치로 들어와 있었다니, 놀라운 일이었다.

뭐, 그건 그렇다 치고.

"그래서 시미즈 선수께서 저한테 무슨 볼일이시죠?"

"그러니까, 우리 부의 에이스로."

다시 시미즈의 입에서 흘러나오려던 기운찬 말을 가로막은 것은 교장의 온화한 목소리였다.

"자자, 자중하게나, 시미즈. 자네는 여전히 흥분하면 대화가 안 되는군."

"네? 아아, 죄송합니다 선배님. 젊은 인재를 앞에 두고 그만……. 미안하네, 유키."

그렇게 말하며 고개를 푹 숙이는 시미즈.

대화로 추정하건대 두 사람은 아무래도 대학생이나 고

등학생 당시 야구부 선후배였던 것 같다.

"다시 말해, 시미즈는 자네를 야구부로 초대하는 걸세. 자네가 중학교 때 큰 활약을 했다는 건 나도 알고 있으니까. 올해부터 우리 학교도 야구부에 힘을 쓸 생각이라 그를 고용한 것도 그 일환이었다네. 유키 같은 아이가 들어와서 활약해 준다면야 학교로서도 고맙지만…… 그렇다고 해도 특대생 성적을 유지하면서 겸하긴 어려울 거라 생각해. 시미즈가 사정을 하길래 일단 얘기라도 해보라고 부르긴 했네만."

……흐음, 그런 거였군.

"죄송합니다. 거절하겠습니다. 그럼 실례하겠습니다."

유키는 발길을 돌려 들어왔던 문을 열었다.

"아, 잠깐만, 유키?"

"코치님, 그러니까 소용없다고 했잖아요~."

유키는 시미즈와 후지이의 대화를 흘려들으면서 교장실을 빠져나갔다.

◇

유키는 교장실을 나와 간만에 자습실에 들어가 차분하게 공부를 하고 있었다.

짐을 싸서 자습실에서 나온 건, 날이 저물기 시작했을 때였다.

그리고 교문 앞에서 우연히 후지이를 마주쳤다.

“여, 이제 가려고?”

“어. 후지이 네가 이 시간에 가다니 어쩐 일이야.”

“코치님이 볼일이 있다고 하셔서 요즘엔 빨리 끝날 때가 많거든. 중간까지 같이 가자.”

“그래, 그러지 뭐.”

그렇게 말하며 나란히 걷기 시작한 유키와 후지이.

“그나저나 이것도 꽤 간만이네. 같이 돌아가는 거 말이야.”

유키가 그렇게 중얼거렸다.

하츠시로와 만나기 전까지의 유키는 아르바이트가 없는 날엔 오늘처럼 늦게까지 자습실에 남아 자습을 했기에 야구부 연습이 끝나는 시간에 맞춰 함께 돌아가는 경우가 많았다. 마침 돌아가는 길이 중간까지 같았던 유키와 후지이였기에 걸어가면서 자연스럽게 이야기를 나누었던 것이다.

하츠시로가 온 뒤로는 아르바이트가 없으면 쏜살같이 귀가하게 되면서, 최근에는 이렇게 대화할 기회가 많이 줄었지만.

“……그런 건가. 결혼하면 학창 시절 친구랑 만날 기회가 사라진다는 그런 거?”

“응? 뭘 그렇게 중얼거리고 있어?”

“아~, 아냐아냐. 아무것도 아냐.”

그렇게 말하며 고개를 휘휘 가로젓는 유키.

"……애초에 아직 결혼한 것도 아니고, 아니, 『아직』은 뭔데…… 그야 물론 언젠가는……."

"여전히 알 수 없는 혼잣말이 많구나, 유키는."

그렇게 말하며 쓴웃음을 지어 보이는 후지이.

한동안 시답잖은 이야기를 나누며 걷고 있는데, 갑자기 후지이가 미안하다는 듯한 얼굴로 입을 열었다.

"오늘은 미안했어, 유키."

"응? 아아, 신경 쓰지 말라니까. 시미즈 선수도 자기가 맡은 야구부의 힘을 키우려고 필사적인 것뿐이잖아. 그보다도 지난번엔 하츠시로를 도와줘서 고마웠어."

"그거야 뭐, 친구의 여친이니까 돕는 게 당연하지."

진심으로 당연하다는 얼굴로 그런 말을 하는 후지이.

이것 참 성격까지 호쾌한 미남이었다. 멀리서 보는 것보다 실제로 후지이와 얘기를 나눈 여자들이 더 열렬한 팬이 되는 경우가 많다는 이야기도 있을 정도다. 그리고 오타니에게 들이대는 변태적인 모습을 보고 유감스러운 관상용 미남으로 전락하는 것까지가 대략적인 수순이었다.

정말이지 어째서, 오타니 앞에서는 그렇게 되어버리는 걸까…….

"하츠시로도 다음에 감사 인사를 전하고 싶다 하더라고……. 아, 난 슈퍼에 잠시 들렀다 갈게."

화장지나 치약 등 생필품이 줄어든 것을 알게 된 탓이었다. 하츠시로와 살게 되면서 평범하게 두 배로 줄어들고 있었다.

“아, 그럼 나도 아이스크림이나 사갈까. 어쩐지 슈퍼○ (슈퍼컵. 일본 메이지 사에서 만든 유명한 컵 아이스크림) 먹고 싶은 기분이야.”

그렇게 말하며 후지이도 유키와 함께 돌아가는 길에 있는 슈퍼 안으로 들어갔다.

장바구니를 집어드는 유키에게 후지이가 말했다.

“그런데 네 여친님, 잠깐 얘기한 것뿐이지만 좋은 애더라.”

“그렇지! 하츠시로는 좋은 녀석이야. 그건 틀림없어.”

“유키와도 상성이 잘 맞는 것 같았고.”

“그, 그런가? 에이~ 뭘 그 정도까지~. 아, 사는 김에 아이스크림도 같이 사줄게. 슈퍼○ 같은 저렴한 거 말고, 하겐○즈 어때.”

잔뜩 풀어진 얼굴로 그런 말을 꺼내는 유키.

“어쩜 이렇게 알기 쉬운지, 내 친구는…….”

그렇게 말하며 쓴웃음을 짓는 후지이.

그때였다.

“응? 유키. 저거 하츠시로 아냐?”

후지이가 가리킨 곳에, 장바구니를 든 채 양배추가 놓인 선반 앞에서 고민하고 있는 하츠시로가 있었다.

◇

"여어, 하츠시……."

"아니, 잠깐 기다려 줘."

하츠시로에게 말을 걸려고 한 후지이를 유키가 제지했다.

그리고 자신이 먼저 하츠시로에게 다가가 말을 걸었다.

"……아, 유키 씨."

하츠시로가 장바구니를 든 채 고개를 꾸벅 숙여 인사했다.

유키는 조금 작은 목소리로 하츠시로에게 물었다.

"아아……. 저기, 하츠시로, 괜찮은 거야?"

사실 유키는 하츠시로가 이렇게 밖에 나와 쇼핑을 한다는 사실을 몰랐다. 집에서 꽤 가깝긴 하지만, 혼자서 외출을 했다는 것 자체가 조금 놀라웠다.

"네, 마침 냉장고의 식재료도 떨어진 참이라 시험 삼아 나와봤어요. 잠깐이라면 괜찮은 것 같아요."

확실히 유키의 눈으로 봐도 별달리 두려워하는 기색은 없어 보였다.

"……음, 그런가."

"네, 그러니 이제부턴 유키 씨에게 부탁하지 않고 혼자서 장 볼 수 있어요."

바구니를 들고 있지 않은 오른손을 움켜쥔 채, 콧김을 뿜으며 자랑스러운 얼굴을 내비치는 하츠시로.

"고마워, 하츠시로."

"유, 유키 씨. 왜 그러세요, 갑자기……."

"아니, 귀여워서 그만."
"……그, 그런가요. 후아아."
기쁜 듯한 얼굴로 뺨을 물들이며 유키의 손길을 받는 하츠시로.
"……이걸로, 유키 씨에게 즐거움을 드릴 수 있게 됐어요."
"응? 즐거움?"
"네. 지금까진 유키 씨에게 식재료를 받았으니 뭘 만드는지 다 알고 계셨을 것 같아서요."
"뭐, 그거야."
요리에 관한 지식은 없었지만, 당연히 생선을 사가면 오늘이나 내일은 생선구이겠구나, 하는 정도의 사실은 알 수 있었다.
"오늘 저녁은 뭘까 기대하는 것도 즐거움이잖아요."
"아아, 하긴, 그렇지."
그 말대로, 돌아왔을 때 저녁밥이 자신이 제일 좋아하는 음식이라면 기쁘기도 할 것이다.
"처음으로 유키 씨에게 식사를 만들어드린 날, 기억하세요?"
하츠시로가 그런 것을 물어왔다.
그럼, 하면서 고개를 크게 끄덕이는 유키. 어쩌면 그때 먹었던 우동 전골의 맛은 평생 잊지 못할 것이다.
"그때 제가 만든 음식에 놀라면서 엄청 좋아해 주셨잖아요. 그때 느꼈던 기쁨, 아직도 기억하고 있어요……. 그러니, 또 그렇게 좋아해 주셨으면 해서."

"……그, 그렇군."

하츠시로가 그때의 일을 그렇게까지 기뻐하고 있었다는 것이 너무 기쁜 나머지, 어떻게 반응하면 좋을지 몰라 그저 뺨을 슥슥 긁는 유키.

그 머리 위로 따스한 감촉이 닿아왔다. 하츠시로가 까치발을 들고 유키의 머리를 쓰다듬고 있던 것이다.

"뭐, 뭐야 갑자기."

"귀여워서 그만……. 저기, 싫으셨나요?"

"……전혀, 먼지 한 톨만큼도 싫진 않았어."

그런 유키의 대답에 기쁘게 웃어 보이는 하츠시로.

으음. 이건 확실히 부끄럽군. 얼굴이 뜨거워진 것 같았다.

아, 그래도. 하츠시로가 쓰다듬어주는 거, 어쩐지 기분 좋네. 편안하다고 해야 하나…….

"저기~ 거기 바보 커플? 사람들 앞에서 달콤한 분위기 뿌려대는 건 적당히 하고 슬슬 나도 대화에 끼워주지 않을래?"

후지이가 과거 오타니가 지었던 것 같은 쓴웃음을 보이며 그런 말을 해왔다.

◇

그렇게 돼서 결국 셋이서 쇼핑을 하게 되었다.

“하츠시로, 바구니는 내가 들게.”
“감사합니다.”
“음? 달걀은 없어도 돼?”
“네, 월요일에 특가 판매가 있어서 그때 사면 될 것 같아요.”
“그렇구나. 아, 저번에 간장 소스 줄었다고 했지. 하나 살까?”
“그러게요. 큰 사이즈로 하나 부탁드려요.”
“예이 예이.”
“…….”
“왜 그래? 후지이.”
“왜 그러세요? 후지이 씨.”
유키와 하츠시로가 바구니에 물건을 넣는 모습을 본 후지이는 어딘가 착잡한 표정을 짓고 있었다.
“아니, 커플이라기보단 부부로 보여서 말이야. 어쩐지 유키 너도 하츠시로네 냉장고나 주방 사정을 잘 아는 것 같고.”
“어, 아아. 뭐, 자주 밥을 먹으러 가니까.”
후지이를 믿지 못하는 것은 아니지만 둘이 산다는 걸 굳이 떠벌릴 필요는 없었다.
“흐음. 뭐, 됐어. 그보다 시간 있으면 저기 카페라도 들르지 않을래? 하츠시로에게 할 말도 있고.”
후지이가 건넨 제안에 유키는 하츠시로 쪽을 바라보았다.
하츠시로는 조그맣게 고개를 끄덕였다.

"……네. 지난번 일에 대해서도 제대로 감사 인사를 드리고 싶었으니까요."

◇

유키 일행은 근처에 있는 패밀리 레스토랑에 와 있었다.

메뉴를 펼친 채 셋은 식사를 골랐다.

"그럼 난 나폴리탄으로 할까. 유키랑 하츠시로는?"

"음, 난 이 생선구이 정식으로."

"여기서 그거 시키는 사람 처음 본다……."

"그런가? 으음, 그래도 그거면 됐어."

분명 과거의 유키였다면 다른 것을 선택했을지도 몰랐다. 다만 지금의 유키는 하츠시로의 요리에 익숙해진 탓에 완전히 일식파가 되어 있었다.

"하츠시로는 뭐로 할 거야?"

"……으음."

하츠시로는 가느다란 손가락으로 메뉴의 마지막 페이지를 가리켰다.

"이거요."

"핫케이크? 그걸로 되겠어? 그거 어린이용 메뉴라 양이 적을 텐데. 제대로 식사하려면 앞 페이지에 있는 게 더……."

하츠시로가 작게 고개를 저었다.

"아뇨, 이게 좋아요……."

"……그런가."
"그럼 직원 부른다?"
후지이는 근처를 지나던 점원을 불러 세워 주문을 전달했다.
젊은 여자 점원은 후지이의 외모에 살짝 긴장한 듯 보였다.
주문이 끝나고 점원이 주방으로 돌아간 것을 확인한 유키가 후지이에게 말했다.
"그보다, 대단하네."
"응? 뭐가?"
"아니, 그 인기가. 아까 그 점원도 너 보고 얼굴 붉히던데."
"으음, 그렇게 대단할 건 없는데. 내가 뭘 할 수 있는 것도 아니고."
그렇게 겸손 부리면 미움받는다, 라고 유키는 생각했다. 유키가 아는 한 후지이만큼 만능에 가까운 사람은 없었다.
"저도 후지이 씨는 대단한 분이라고 생각해요. 얼마 전에도 눈 깜짝할 사이에 아무런 다툼 없이 자리를 수습해 주셨잖아요. 그땐 도와주셔서 정말 감사했어요."
그러면서 고개를 숙여 보이는 하츠시로.
후지이가 빙긋 웃으며 말했다.
"은인 겸 절친의 여친이니까. 도와주는 건 당연하지."
"은인…… 인가요?"

친한 친구라는 것은 알고 있었지만, 은인이라는 낯선 단어에 하츠시로가 고개를 갸웃했다.

"나도 전부터 궁금했는데. 나는 너한테 은혜를 베푼 기억이 없거든. 물어봐도 대답도 안 해주고."

"얘기할 정도도 아니라고 생각했으니까. 음, 그래도…… 하츠시로도 듣고 싶어?"

"아, 그, 그러네요."

하츠시로가 약간 수줍은 얼굴로 말했다.

"유키 씨에 대한 거라면, 알고 싶어요……."

"그래? 사랑받고 있구나, 유키. 부럽다, 녀석. 뭐, 그렇다면 얘기해볼까."

후지이가 컵에 따라진 물을 한 모금 마시더니 이야기를 꺼냈다.

"내가 유키를 처음 만난 건 중학교 2학년 봄 대회였어. 당시 나는 에이스 4번이었고. 뭐, 1학년 때부터 맡긴 했지만."

"1학년 때부터요? 역시 대단하시네요."

"뭐, 그렇긴 하지……. 좀 재수 없는 말투지만, 난 옛날부터 노력하지 않아도 뭐든 잘했거든."

"그건 진짜 재수 없는데."

유키가 어이없다는 얼굴로 그렇게 말했다.

그래도 확실히, 학년 성적이 늘 한 자릿수인데도 후지이가 열심히 공부하는 모습은 본 적이 없었다.

"그러니까, 뭐라고 해야 하나, 좀 지루했거든. 에이스 4번도 되고 싶어서 된 게 아니라, 평범하게 동아리 활동을 하다 보니 어느새 되어 있었고. 기쁘다거나, 자랑스럽다는 느낌이 없었어. 아무튼 좀…… 무감각했어."

그런데, 그런 후지이 앞에 지구대회 1회전에서 처음 보는 투수가 나타났다.

"……그게 유키 씨였나요?"

"맞아. 1학년 때는 없었는데 말이지."

"……클럽 쪽에서 했으니까. 동아리는 안 들었거든. 2학년 때 잠깐 담임이었던 야구부 고문이 성적을 좀 봐주겠다고 해서, 벤치에 있다 시합 때만 도우미로 나갔었어."

유키는 살짝 멋쩍은 듯한 얼굴로, 턱을 괸 채 창밖으로 시선을 돌렸다.

"성적을 봐준다고요?"

"중학교 2학년 때까진 거의 야구밖에 안 했거든. 성적은 거의 바닥을 기었지."

지금의 유키와는 너무나도 다른 모습에, 놀라서 눈을 깜빡이는 하츠시로.

그 모습에 후지이가 쿡쿡대며 웃었다.

"그렇게 돼서, 시합을 하게 된 건데……."

* * *

1회초 마운드에 유키가 섰을 때 느낀 불길한 예감을 후지이는 아직도 기억하고 있었다.

그 눈빛이 예사롭지 않았던 탓이다. 진지함 그 자체라고 해야 할까, 물론 이곳의 모두가 진지했지만, 유키는 그 정도가 평범한 중학생의 수준과는 완전히 달랐다.

그리고 결과는…… 예감대로 후지이 팀의 완패였다.

선발로 나선 유키가 던진 공을 후지이 팀은 단 한 번도 제대로 맞추지 못한 채 완봉을 내주고 만 것이다. 당시 이미 신장 180cm 이상이었던 후지이 쪽이 공의 스피드는 더 빨랐지만, 기술인지 정확도인지 아무튼 유키의 피칭은 레벨이 달랐다.

그에 맞서 후지이는 철저하게 번트나 파울로 버티면서 베이스에 나갔지만, 결과적으로 유키에게 3루타 3번을 맞고 3점 실점.

유키라는 선수에게 철저하게 격차를 느낀 셈이었다.

그리고 경기가 끝난 후 후지이는 더 큰 충격을 받았다.

경기가 끝나고 해산한 뒤, 친구들과 근처 카페에서 식사를 하고 돌아가는 길에 공터에 있던 유키를 본 것이다.

그때 유키는 아버지로 보이는 상대와 연습을 하고 있었다. 게다가 완벽한 피칭을 한 이후임에도 아버지에게 오늘의 문제점을 지적받으며 필사적으로 공을 던지고 있었다. 심지어, 그가 던지는 공은 그날 경기 때보다 더 강하고 빨랐다.

아마도 유키에게 있어 아까의 시합은 가능한 한 체력과 어깨를 덜 소모하며 컨디션을 유지하는 연습에 불과했을 것이다.

그때, 근본적인 차이를 인지했다. 유키에 비하면 자신은 그저 약간 운동신경이 좋을 뿐인 아마추어였다.

아연실색하여 유키의 모습을 바라보던 후지이의 발밑으로 유키가 놓친 공이 굴러왔다. 후지이는 공을 주운 뒤 찾으러 온 유키에게 건네주며 말했다.

『대단하네, 유키.』

그 말에 대한 유키의 대답은.

『너 누구였더라?』

였다. 아무래도 눈앞의 이 사람에게 자신은 안중에도 없는 존재였나 보다. 이런 것은 처음이었다. 지금까지 후지이의 주변 사람들은 본인이 원하든 원하지 않든, 그를 천재니 왕자니 하면서 치켜세우기 바빴으니까.

유키는 잠시 팔짱을 낀 채 고민하는가 싶더니 입을 열었다.

『아, 그 재미없는 얼굴로 재미없는 공 던지던 애구나. 넌 좀 더 힘을 넣는 편이 좋겠어. 피곤할 때는 커브를 던지는 게 팔 동작에서 다 티 나더라. 공 주워줘서 고맙다.』

일체의 악의 없이 그렇게 말한 유키는 다시 연습으로 돌아갔다.

후지이는 한동안 그 자리에 굳은 채 유키가 훈련하는 모습을 지켜볼 수밖에 없었다.

* * *

“중학교 때의 유키는 꽤 신랄한 말을 하는 녀석이었지.”

의외라는 표정을 지어 보이는 하츠시로.

“……가시 돋친 시절 얘기를 남에게 들으니 좀 복잡한 기분이네.”

유키는 표현하기 힘든 복잡한 얼굴로, 후지이가 얘기하는 사이 도착한 생선구이 정식을 입에 한가득 집어넣었다.

“하긴, 그때의 유키는 정말 야구 귀신 같았으니까. 그리고 나한테 한 말은 사실이기도 했고.”

“그래서 후지이 씨는 그때부터 분발해서 야구에 진지하게 임하게 되었다……라는 건가요?”

그렇다면, 열의가 없던 자신을 구해준 은인, 이라는 뜻.

하지만 후지이는 고개를 저었다.

“아니, 다음 날부터 나도 유키처럼 강도 높은 자율 훈련을 하긴 했는데, 사흘도 못 갔어.”

후지이가 가볍게 웃고는 어깨를 으쓱거렸다.

“후지이는 지금도 그렇게 늦게까지 남아서 연습하진 않아.”

“네? 그럼 은인이라는 건…….”

“통감한 거야. 그러니까……『난 대단한 놈이 아니다』라고 말이지.”

후지이는 나폴리탄을 재빠르게 포크에 감으며 그런 말

을 뱉었다.

“그때까진 주위에서 천재다 뭐다 하면서 내가 제일 대단하다는 식의 말만 들어왔으니까. 그래서 나도 그냥 그런가보다~ 했지. 그래서 『정말 대단한 일을 하지 않으면 기뻐할 수 없다』고, 내 멋대로 결심을 했어. 만화에서처럼, 가장 최고로 달아오른 최고의 무대에서, 누구보다 빛나는 주인공처럼 살아야 한다고 말이야. 하지만 진짜 나는 그저 좀 재주가 많을 뿐인, 근성 없고 별 볼 일 없는 놈이라는 걸 알게 된 거지.”

“후지이 씨가 별 볼 일 없다고는 생각되지 않는걸요.”

“예를 들어 난 정기 시험에서 늘 학년 10등 이내야. 하지만 유키는 1등이지. 나는 유키만큼 공부를 열심히 할 자신은 전혀 없어. 뭐, 그 정도로 시시한 놈이라는 거야. 그렇게 생각하니까 정말 편해지더라. 아아, 뭐야. 나 그렇게 극적으로 살지 않아도 되는구나. 즐겁게 할 수 있는 선에서 능력껏 즐겁게 살면 되는구나~ 하고.”

후지이가 손에 든 나폴리탄을 입에 넣었다.

“음, 맛있다. 결국 뜨겁게 불타오르진 않았지만, 일상이 극적으로 즐거워졌어. 그 이후로 말이지. 지금처럼 카페에서 나폴리탄을 먹고 맛있다고 느끼는 일상을, 온전히 즐길 수 있게 된 거야. 그러니 유키는 내 은인이지.”

한동안 침묵하고 있던 유키가 입을 열었다.

“지금이라도 야구를 열심히 해보는 건 어때?”

"싫어. 힘들잖아."
후지이는 나폴리탄에 치즈를 뿌리며 그렇게 말했다.

◇

카페에서 후지이와 헤어진 유키와 하츠시로는 둘이서 집으로 돌아왔다.
"후우, 일단 사 온 물건들 냉장고 앞에 둘게."
"네, 나머지는 제가 정리할 테니 유키 씨는 좀 쉬고 계세요."
주방 관리는 하츠시로가 맡고 있었기 때문에 유키가 섣부르게 손을 대면 오히려 폐가 될 것이다.
유키는 짐을 내려놓고 의자에 앉아 잠시 숨을 돌렸다.
오늘은 아르바이트가 없어서 그런지 후지이와 식사를 했음에도 시간이 남았다. 정기 시험도 다가오는데 느긋하게 공부나 할까.
유키는 책상 위에 참고서를 펼쳤다. 그 순간.
『그거 하나 실수했다고 일일이 도망치지 마라, 유스케!!』
꽤나 그리운 목소리가 머릿속을 울렸다.
고개를 저으며 참고서로 시선을 내려 집중하려고 했지만.
"……아—."
어떻게 해도 정신이 산만해졌다. 유키는 뒷머리를 긁적였다.

"……집중하자, 좀."
그렇게 중얼거리며 문제를 풀기 시작했다.

◇

"……후, 벌써 시간이 이렇게 됐네."
욕조에 몸을 담근 휴식 시간을 포함해 5시간 정도 공부하자 어느새 잘 시간이 되어 있었다.
"수고했어요, 유키 씨."
하츠시로가 따뜻한 차를 내왔다.
"아, 고마워."
유키는 하츠시로가 내려준 차를 마시며 책상 위의 참고서를 정리하고 내일 아침 학교 갈 준비를 했다.
그렇게 대충 정리하고 차도 마시고 나면 평소와 같은 시간이 된다.
유키가 침대 앞에 앉았다. 그리고 그 오른쪽에 하츠시로가 자리 잡았다.
하츠시로가 유키에게 몸을 기대고, 유키의 오른손과 하츠시로의 왼손이 겹쳐졌다.
"……."
"……."
이것이 지난번 두 번째로 함께 게임을 하던 날 밤부터 이어지고 있는, 자기 전의 습관이었다.

하츠시로의 따스한 체온이 공부에 열이 오른 유키의 머리를 기분 좋게 진정시켜 주었다.

"……유키 씨의 손."

하츠시로는 잡고 있던 유키의 손을 자신의 무릎 위에 올려놓았다.

"이렇게 곳곳에 굳은살이 박힌 건 야구를 해서 그런 거였군요."

그렇게 말하며 유키의 오른손을 잡고 중지 끝이나 소지의 관절 부분을 만지작거리는 하츠시로. 굳은살이 박힌 곳이라 감각이 둔했다. 그래서 하츠시로가 가느다란 손가락으로 만지고 있다는 것은 느껴지지만 간지럽지는 않은, 뭐라 말로 형용할 수 없는 느낌이 들었다.

"지금은 그나마 평범한 손이 된 거야. 당시엔 늘 손 어딘가는 꼭 갈라져 있었으니까."

하츠시로가 굳은 부분을 꾹꾹 누르며 말했다.

"……후후, 딱딱해요."

……아, 지금 살짝, 이상한 기분이 들고 말았다.

정말이지 사춘기였다.

유키는 머리를 붕붕 흔들며 잡념을 날리고는, 이번에는 반대로 하츠시로의 손을 잡고 가만히 응시했다.

"하츠시로 손은 예쁘네. 나처럼 거칠지도 않고."

"그런가요?"

"응, 그래도 예쁘기만 한 게 아니라 열심히 노력하는 손

이라 더 멋지다고 생각해."

하츠시로의 손은 군데군데 거친 부분이 있었다. 평소 집안일을 해서 그런 거겠지. 남자라면 물을 사용하는 일로 쉽게 건조해지지 않겠지만, 여성의 피부는 금방 거칠어지는 경우가 많다고 들었다. 그러니 하츠시로의 손이 거칠다는 것은 평소 유키를 위해 애쓰고 있다는 증거일 것이다.

"항상 고마워."

유키는 그렇게 말하면서, 하츠시로 손의 거칠어진 부분을 부드럽게 쓰다듬어주었다.

"……으~!"

그러자 하츠시로는 유키의 어깨에 기대 머리를 부비적거렸다.

"뭐, 뭐야."

"유키 씨가 나쁜 거예요……뭐예요, 정말, 진짜……."

두 사람은 느긋하게, 조용한 시간을 즐겼다.

"……저기, 유키 씨. 야구를 그만둔 이유를 물어봐도 될까요?"

문득 하츠시로가 그런 질문을 던졌다.

"응? 그게 궁금해?"

"그…… 네. 꽤 진지하게 하고 있던 것 같아서 신경이 쓰여요. 하지만…… 그보다도……."

하츠시로는 고개를 약간 숙인 채 비어 있는 오른손으로 머리를 만지작거렸다.

아, 말할지 말지 망설이고 있네.

유키는 잡고 있는 손을 더 꼭 쥐었다. '괜찮으니까 말해 봐'라는 마음을 담아서.

하츠시로에게 마음이 잘 전해진 것일까.

"……오늘, 공부에 잘 집중하지 못하셨죠."

"아—, 눈치채고 있었구나."

그 말대로 오늘은 집중이 잘 되지 않았다. 특히 처음은 마음이 완전 다른 곳에 가 있느라, 평상시 풀었던 문제의 3분의 1도 풀지 못했었다.

"네. 항상 보고 있으니까요. 유키 씨가 공부하시는 옆모습 바라보는 거…… 좋아하거든요."

"그, 그래."

몇 번이나 얼굴이 달아오를 만한 대사를 뱉는 하츠시로.

"그래서 오늘 집중을 못 하신 게 후지이 씨랑 한 야구 얘기 때문인가 싶어서요. 그…… 야구를 그만둔 이유와 관계가 있는 건가 하고."

하츠시로는 유키의 눈을 똑바로 바라보며 말했다.

"만약 저에게 얘기해서 편해질 수 있다면…… 들려주시면 기쁠 거예요."

"이거 못 당하겠네."

전부 간파당하지 않았나. 이래서야 앞으로 내 여친에겐 거짓말은 하지 못할 것 같았다.

"글쎄…… 사실 거창한 얘기도 아니야. 의외로 어디에나 있는 흔한 이야기고."

유키가 하츠시로에게 물었다.

"저기, 하츠시로. 혹시 『호시 잇테츠(일본의 인기 만화 '거인의 별'에 나오는 주인공의 아버지. 거친 행동으로 유명하다)』라고 들어 봤어?"

"네? 아, 네. 『거인의 별』에 나오는 주인공의 아버지죠?"

세상 물정에 어두운 하츠시로였기에 모를 거라 생각했는데, 뜻밖에 알고 있었던 모양이다.

"그래, 우리 아버지가 중학교 때 돌아가셨다는 건 저번에 말했었지."

"네."

"아버지는, 그 『호시 잇테츠』 같은 사람이었어."

유키는 그렇게 서두를 열며 이야기를 시작했다.

* * *

"그거 하나 실수했다고 일일이 도망치지 마라, 유스케!!"

그것이 유키 유스케의 아버지인 유키 유지로의 말버릇이었다.

지방에서 농사를 짓던 그 사내는 유키가 모친 배 속에 있을 때부터 "이 녀석을 프로야구 선수로 만들겠다"라고 호언장담을 했다는 것 같은데, 아니나 다를까 유키가 크자마자 곧바로 시대에 뒤떨어진 스파르타식 지도로 유키를 단련했다. 정도를 넘는 체벌은 없었지만 타협이나 우는 소리를 허락하지 않았던 그 모습은 야구 만화 『거인의 별』에 등장하는 주인공의 아버지, 『호시 잇테츠』와 똑같았다고 주위 사람들은 말했다.

여기까지만 보면 유키는 아버지의 이기심으로 괴로운 소년 시절을 보낸 불쌍한 소년이었지만.

"시끄럽다고, 망할 아버지!! 그럼 당신이 던져 보던가!!"

아들인 유키는 완고한 아버지에게 역정을 내며 공을 던지는 대범함을 갖추고 있었다.

아버지에게 엄격한 지도를 받으면서 야구뿐인 나날을 보내던 유키였지만, 힘들었냐 하면 사실 그런 기억은 별로 없었다. 어쨌든 철이 든 이후의 일이었고, 단순히 야구를 잘하게 되는 것은 싫지 않았다. 아침 일찍 일어나 아버지와 연습, 방과 후엔 야구 클럽, 그게 끝나면 또 아버지와 연습. 휴일엔 거의 하루 종일 서로 으르렁대며 연습. 그런 나날을 질리지도 않고 계속 이어갔다.

그것이 유키 유스케에겐 당연했다.

하지만, 그런 날들은 갑작스럽게 끝나버렸다.

중학교 2학년 때였다. 아버지인 유키 유지로가 세상을 떠난 것이다.

사인은 설명을 들었는데 잘 기억이 나질 않았다. 분명 심장 어딘가의 질환이었을 것이다.

* * *

"……기억나는 건 아버지 장례식에서 울지 않았다는 것뿐이려나. 여동생과 어머니는 울고 있었고, 나도 그래야 한다고 생각했으니까 기억이 나."

"……."

하츠시로는 가만히 듣고 있었다. 유키가 시계를 보았다.

"이런, 평소보다 더 늦어졌네. 하츠시로, 피곤하지 않아?"

하츠시로가 천천히 고개를 저어 보였다.

"……좀 더 이야기를 듣고 싶어요. 그래서, 유키 씨는 그 충격으로 야구를 그만두게 되신 건가요?"

"으음, 그런가. 충격이라기보단, 뭐였지?"

유키는 어딘가 먼 곳의 풍경을 바라보는 것처럼 시선을 위로 향했다.

"아버지가 돌아가시니 더 이상 아침저녁으로 정신 나가게 힘든 연습을 할 필요도 없어졌고, 아무것도 안 하고 멍하니 있어도 『스윙 하나라도 해!』라는 잔소리를 듣는 일도 없어졌어. 마침 야구 클럽에도 문제가 생겨서 장기 휴부 상태였거든. 아버지 장례식이 마무리될 때까지, 내 일상에서 아버지와 야구가 쏙 빠져 버린 거지."

유키는 스스로도 잘 모르겠는지, 드물게 자신 없는 목소리로 말을 이어갔다.

"그렇게 되니까…… 뭐라고 해야 좋을까. 열기가 사라졌다고 해야 하나? 내가 왜 야구를 했지? 하는 생각이 들었어. 지금까진 왜 야구를 하는지 생각해 본 적도 없었는데, 새삼 이유를 모르겠더라. 깨닫고 보니 몇 개월이나 공도 글러브로 배트도 건드리지 않은 채였고…… 근데 또 그게 별로 싫지도 않아서…… 지금에 이르게 된 느낌인가. 아, 그러고 보니 결국 아버지가 돌아가신 뒤엔 한 번도 손대지 않았구나, 야구용품에."

유키는 하츠시로의 손을 잡지 않은 왼손을 물끄러미 바라보며 쥐었다 폈다를 반복했다.

휴일에는 거의 손에 하루 종일 글러브를 끼고 있었는데, 이제는 감촉조차 기억이 나질 않는다.

"그래서 정말, 스스로도 잘 모르겠어. 야구를 그만둔 이유 말이야. 근데 왜 이제 와서 아버지의 말버릇 같은 게 생각난 걸까? 죽어서도 야구를 하라고 재촉할 생각인가, 그 고집불통 아버지는."

그러면서 작게 웃었다.

"대충 이런 이야기야. 미안해, 하츠시로. 말재주가 없어서."

"……."

하츠시로는 그런 유키의 얼굴을 물끄러미 바라보더니, 갑자기 몸을 내밀어 이렇게 말했다.

"유키 씨."

"뭐, 뭐야?"

사랑스러운 얼굴이 코가 부딪칠 것 같은 거리까지 다가온 탓에 살짝 동요하는 유키에게 하츠시로는 이렇게 말했다.

"저랑 캐치볼 하지 않을래요?"

◇

다음 날 토요일.

달에 한 번 있는 토요일 수업을 오전 중으로 마친 유키는 야구부 부실로 가서 방금 동아리 활동을 마친 후지이에게 글러브 두 개와 공을 빌려왔다.

그리고 하츠시로가 만든 점심을 둘이 함께 먹고 나서 근처의 하천 부지로 향했다.

팡, 팡. 오랜만에 왼손에 낀 글러브를 오른손으로 두드렸다.

맞아, 이런 감촉이었지.

"그런데 갑자기 캐치볼을 하고 싶다니 무슨 일이야?"

"유키 씨의 이야기를 듣고 있으니까 야구를 해보고 싶어졌거든요."

체육복을 입은 하츠시로가 약간 사이즈가 큰 글러브를 손에 끼고 공을 들었다.

"야구 해 본 적 있어?"

"없어요. 본 적은 있지만요. 그럼 할게요, 유키 씨……

에잇!"

체육복을 입은 하츠시로가 그렇게 말하며 공을 던졌다.

"어이쿠."

가까운 거리였지만 공은 비스듬히 비껴갔다. 유키가 달려가 간신히 글러브 안에 넣었다.

"죄송해요!"

"아아, 괜찮아. 처음에는 다 그렇지."

분명 경험자가 던지는 방식은 아니었지만 그래도 초보치고는 제법 능숙했다.

"자, 그럼."

유키도 팔을 살짝 돌리며 가볍게 공을 던졌다.

"으앗!"

유키가 던진 공이 하츠시로의 글러브에 들어가며 팡, 하는 마른 소리를 냈다.

"……굉장하네요. 제가 던진 거랑 다르게 자세 그대로 똑바로 날아왔어요."

"아니, 너무 오랜만이라 잘 안 맞네. 회전도 잘 안 되고 축도 흔들렸어."

"흐음, 그렇군요…… 에잇!"

또다시 하츠시로가 공을 던졌다. 이번에는 위로 벗어났지만 좌우로는 흔들리지 않았다.

유키도 예전의 감각을 떠올리며 공을 가볍게 되돌렸다.

다시 하츠시로의 글러브로 들어가는 공. 컨트롤은 정확

했지만 유키가 보기엔 전혀 예전처럼 던져지지 않았다.

"……그보다 하츠시로, 캐치 잘하네. 원래 초보자는 정면으로 와도 잘 못 잡는데."

"그런가요?"

하츠시로가 그렇게 말하며 공을 다시 던졌다.

이번에는 유키가 서 있던 위치에서 살짝만 어긋났다.

던지는 정확도도 올라가고 있고. 감이 좋은 건가? 이 상태면 거리를 늘려도 괜찮을 것 같았다.

"조금 더 떨어져서 던져도 괜찮을까?"

"아, 네. 괜찮아요."

"좋았어."

유키는 한 발짝 뒤로 물러서서 다시 공을 던졌다.

조금 전보다도 강한 공이었지만 하츠시로는 깔끔하게 잡았다.

진짜 잘하네. 이번 공은 노린 곳에서 좀 틀어졌는데도.

"조금, 더 멀어져도 될까?"

"네."

유키는 하츠시로에게 던진 공을 받고는 한 걸음 더 물러섰다.

그건 그렇다 치고, 아까부터 자신이 던지는 공은 형편없었다. 하츠시로는 칭찬했지만 유키의 감각으로는 심각할 정도로 어설펐다.

"……아버지가 봤다면 또 한 소리 들었겠군."

그런 말을 중얼거리며 공을 던졌다.

하츠시로 쪽에서 다시 공이 날아왔다.

유키는 조금씩 거리를 벌려 나갔다.

그 사이에도 유키는 어떻게든 예전의 감각을 떠올리기 위해 애썼지만, 도무지 몸이 뜻대로 움직이질 않아 공에 힘이 잘 전해지지 않았다. 공백이란 무서운 것이다.

아버지의 호통 소리가 들리는 것 같았다.

『팔로 던지지 마라! 하체로 던지는 거야!』

(시끄럽네. 손에 들고 있으니까 던지는 건 팔이잖아. 하체로 거리를 잡고 상체를 크게 움직이라고 해야지. 알아듣기 어렵잖아.)

유키가 공을 던졌다.

『손끝의 감각을 중시해라! 마지막엔 공을 손끝으로 자르듯이!』

(그건 사람마다 다르지. 난 밀어내는 이미지가 아니면 회전이 걸리지 않는다고.)

유키가 공을 던졌다.

『노린 곳을 제대로 보고 중앙으로 던져! 기합을 넣으란 말이다, 기합을!』

(하고 있다고 멍청아. 기합으로 스트라이크가 들어간다면 누가 고생하겠냐…… 아, 진짜.)

공을 휘두르는 유키의 입가가 느슨해졌다.
(시끄럽고 멍청한 아버지였네……. 망할 영감.)
휙, 하고 유키의 손끝이 날카롭게 볼을 밀어내는 소리가 났다.
"앗."
아뿔싸. 가감 없이 그대로 던져 버렸다.
흠잡을 데 없이 던져진 공은 강하고 깨끗한 백스핀으로 공기를 가르며, 하츠시로의 글러브에 빨려 들어가듯 일직선 궤도를 그린 뒤.
빠앙!
큰 소리를 내며 꽂혔다.
하츠시로가 뒤로 밀려나며 그대로 엉덩방아를 찧었다.
"괘, 괜찮아?"
아무리 정규 경기에서 쓰는 경식구보다는 부드러운 연식구라지만, 초보자에게 있는 힘껏 던지는 것은 좋지 않았다. 유키 정도의 공이라면 경험자라도 잡은 손에 통증이 올 정도였다.
"미안, 나도 모르게."
하지만 하츠시로는 밝은 얼굴로 말했다.
"괜찮아요. 제대로 잡았고……, 게다가."
하츠시로는 글러브를 낀 왼손을 가슴에 대고는 뺨에 살짝 홍조를 띠며 말했다.
"볼을 잡았을 때 왼손이 찡하고 울리는 거…… 좀 기분이 좋을지도 모르겠어요."

"그건 큰일인데. 후지이의 변태가 감염됐을지도 몰라."

"……?"

그때 하츠시로가 알 수 없는 얼굴로 유키를 바라보았다.

"왜 그래, 하츠시로?"

"유키 씨……, 울고 있나요?"

"어?"

유키가 자신의 눈가를 만졌다.

"……아아, 정말이네."

확실히 조금 젖어 있었다.

"조금…… 예전 생각이 나서."

유키가 소매로 눈물을 훔치며 말했다.

"공을 던질 때, 아버지 생각이 났어. 여전히 목소리는 크고, 틀린 건 아닌데 이해하긴 힘든 어드바이스를 던지고…… 그리고, 기뻐 보였지."

그래, 그랬다. 아버지는 자신과 야구를 할 때 마구 호통을 치는 주제에 항상 어딘가 즐거워 보이는 얼굴을 하고 있었다.

그럴 때의 아버지는 싫지 않았다. 연습은 힘들어도 야구 자체는 싫지 않았으니까. 오히려 자신에게 있어 아버지와의 시간이란 그런 것이었다.

"……나는 아버지가 즐거웠으면 해서 야구를 한 걸지도 모르겠어. 그야 죽으면 못하는 게 당연하지. 하하, 나도 후지이 보고 뭐라 할 처지가 아니네."

후우, 하고 숨을 내쉬었다.

"하츠시로. 캐치볼, 조금 더 어울려 줄래?"

웃으며 그렇게 말하는 유키를 보고, 하츠시로도 웃는 얼굴로 대답했다.

"당연하죠. 더 손을 찡하게 해주세요!"

그러면서 글러브를 탁탁 두드리는 하츠시로.

"아니, 아무리 그래도 그렇게는 안 던질 거야. 초보자 상대로 컨트롤이라도 잘못하면 위험하니까."

"……그런가요."

살짝 아쉬운 듯 어깨를 축 늘어뜨리는 하츠시로.

그보다, 옷 밑에 멍이 든 아이에게 그런 말을 들으니 어떻게 반응해야 할지 모르겠잖아.

◇

그러고 나서 두 사람은 한동안 하천 부지에서 서로 공을 주고받았다.

하츠시로가 공을 던지며 말했다.

"유키 씨!"

"응—, 왜—?"

"왜 야구를 그만두고 나서 공부를 열심히 하게 됐나요?"

"아—……."

유키가 날아온 공을 잡더니 오른손 안에서 빙글빙글 굴렸다.

"내가 살던 곳이 꽤 시골이었거든. 아버지가 쓰러졌을 때 근처에 딱 하나 있던 병원은 만원이라서 먼 병원으로 실려 갔는데, 그사이에 돌아가셨어. 그래서……."

유키가 공을 던지면서, 약간 부끄러운 듯이 말했다.

"의사가 되고 싶어. 의사가 부족한 곳에서 일하는 의사가."

다른 사람에게 거의 말한 적 없는 꿈이었다. 목표가 너무 단순해서 좀 부끄럽기도 했다.

하지만 하츠시로는 유키가 던진 공을 잡더니 방긋 웃어 보였다.

"유키 씨다운, 정말 멋진 꿈이라고 생각해요."

"……."

그 거짓 없는 미소에, 유키의 마음이 가벼워졌다.

정말이지, 내 여자 친구는…… 얼마나 나를 더 기쁘게 하려는 건지.

"저기, 하츠시로."

"왜 그러세요?"

"좋아해. 항상 고마워."

"……어?"

공을 던지려던 하츠시로의 몸이 펄쩍 뛰었다. 공이 엉뚱한 방향으로 날아갔다.

"어이, 어디로 던지는 거야."

"유, 유키 씨가 갑자기 그런 말을 하니까……."

그 공을 주우러 간 유키의 등 뒤에서 하츠시로가 새빨개진 채 볼을 부풀리고 있었다.

"그, 그건 미안."

그리고, 말하고 나서 뒤늦게 민망해진 유키도 금세 빨개졌다.

(아, 좋구나…….)

이유 없이 그런 생각을 했다.

아버지랑 할 때와는 다른 이런 야구도 좋다.

"……보고 있냐, 아버지. 당신이 프로야구 선수로 만들려 했던 아들이 지금은 여친이랑 즐겁게 떠들면서 캐치볼이나 하고 있다. 꼴좋~다."

유키는 남몰래 그런 말을 중얼거렸다.

까악―
까악―
이런, 벌써 몇 시간이나 해버렸네
슬슬 돌아가자
미안, 너무 오래 했지
왜 사과하시나요?
응?
엄청 즐거웠어요
다음에 또 해요
반짝
반짝
……결혼해 줘

제6화 시험공부와 그녀

『2학년 A반, 유키 유스케. 자료실로 와 주세요.』

"하아, 또냐……."

방과 후. 요 며칠 매일같이 듣고 있는 교내 방송을 통해 또다시 호출되었다.

"또 그 사람?"

오타니가 가방에 짐을 넣으며 그렇게 물었다.

"아아, 아마도."

"흐음~ 그 임시 코치라는 사람도 고생이네."

"오타니가 대신 가주면 안 될까? 대타 오타니, 라는 걸로."

"내 운동신경은 안 좋은 의미로 신들렸다는 거 너도 알고 있잖아?"

"그러고 보니 그랬지…… 하아."

유키는 깊게 한숨을 내쉬었다.

◇

"그래, 어떤가 유키! 야구부에 들어올 마음은 생겼나?"

자료실에 들어가자마자 응원단원 같은 우렁찬 목소리가 유키를 맞이했다.

야구부의 임시 코치, 시미즈 코지였다.

"하아. 그러니까 몇 번이나 그럴 생각 없다고 말씀드렸잖아요."

유키가 질렸다는 듯한 목소리로 그렇게 말했다.

파이프 의자에 앉아 있는 시미즈 옆엔 난처한 표정을 한 중년의 남자 선생이 있었다. 안경을 낀 심약해 보이는 이 사회과 교사는 위치상 야구부 고문을 맡고 있었다. 그렇다고 해도 실제 야구 경험은 없는지, 시합 때의 이동이나 이렇게 시미즈의 부탁으로 자료실에 유키를 불러내는 등의 잡무를 담당하고 있었다.

부탁을 받으면 거절하지 못하는 사람이라 기가 센 시미즈를 상대로 이래저래 고생하고 있는 것 같았다.

"그래도 말이지. 나는 어떻게든 자네의 재능을 꽃피우고 싶다. 너와 후지이만 있으면 고시엔도 꿈이 아니라고."

"그렇게 만만한 세계가 아니잖아요. 첫째로 후지이는 그렇게 열정적인 스타일이 아닙니다."

"무슨 소리야. 야구를 하면서 고시엔에 가기 싫은 녀석이 어디 있어? 나도 경험이 있지만 그건 정말 최고의 무대야. 후지이도 분명……."

"용건이 그것뿐이라면 이만 실례하겠습니다."

"응? 아, 잠깐만 유키!"

"그리고 다음부턴 방과 후에 호출하는 것도 자제해주세요. 이래 봬도 공부에 아르바이트까지 하느라 바쁘다고요.

특히나 지금은 그럴 상황이 아닙니다."

유키는 그렇게 말하고는 자료실을 빠져나갔다.

그래, 지금은 그럴 상황이 아니었다.

유키의 학교 역시, 여름방학을 목전에 둔 학생들에게 빅 이벤트가 기다리고 있었다.

기말고사다.

특대생인 유키는 특히나 다른 학생들보다도 더 마음을 다잡아야 할 이벤트였다.

평소 한참 앞서서 공부를 하고 있다고는 해도 반드시 학년 5등 이내에 들어야 하는 혹독한 싸움이었다. 그동안 매번 1등을 했지만, 승부라는 것은 무슨 일이 일어날지 모르는 것이다. 그건 야구도, 공부도 마찬가지다.

앞으로 2주. 제대로 총력을 기울여야만 했다.

"그렇게 돼서 당분간은 자습실에 있는 시간이 길어질 것 같아."

평소와 같이 잠들기 전 손을 잡고 둘이서 느긋하게 쉬는 시간, 유키는 그렇게 말했다.

"기말고사인가요……."

"그래서 귀가도 늦을 것 같아. 미안해, 하츠시로."

학교에서 공부를 하면 언제든 선생님에게 질문할 수 있

다는 점에서 집에서 하는 것보다 압도적으로 효율이 좋았다. 특히나 정기 시험은 수험과는 달리 학교의 시험에 집중해서 공부하기 때문에 실제로 문제를 만드는 교사들에게 질문을 할 수 있다는 장점도 있다.

"……."

잠시 침묵하는 하츠시로.

하츠시로가 유키와 보내는 시간을 무엇보다 소중히 여긴다는 것은 잘 알고 있다. 그래서 이런 일은 꼭 말해야 한다고 생각했다.

하지만 하츠시로는 부드러운 목소리로 말했다.

"아니에요. 유키 씨는 의사가 된다고 했으니까 그 정도는 당연하죠…… 힘내세요."

"하츠시로……."

"그 대신…… 지금은 좀 기대도 될까요?"

"……그래, 물론이지. 오히려 그렇게 말해줘서 기쁜데."

유키가 그렇게 말하자 하츠시로가 잡고 있던 손을 감으며 아까보다 더 체중을 실어왔다.

몸이 밀착되며 하츠시로의 체온이 더욱 전해져왔다.

"따뜻, 하네요."

"그러게."

"유키 씨, 귀가 시간은 신경 쓰지 말고 힘내세요……. 따뜻한 밥 만들어서 기다리고 있을게요."

"하츠시로……."

거기서 대화가 멈추고, 조용한 시간이 흘렀다.

고요한 가운데 시계 소리와 서로의 체온만이 느껴졌다.

(아, 진짜. 이거라고.)

유키는 속으로 머리를 쥐어뜯고 싶은 기분이었다.

바로 이 시간이다.

하츠시로가 오고 나서 유키의 하루 일정에 생긴 이 기분 좋은 시간 때문에, 유키는 자습실에서 공부를 하고 싶어진 것이다.

처음에는 잠들기 전 잠깐이었던 시간이, 지금은 집에 있을 땐 거의 이렇게 있게 되었다. 하츠시로뿐만 아니라, 아니 어쩌면 하츠시로 이상으로 유키에겐 기분 좋은 시간이었다. 집에서 공부하면 이 시간의 유혹을 이겨낼 수야 있겠지만 정신은 산만해질 것이다.

평상시의 공부였다면 지나치게 긴장하지 않고 끝날 수 있어서 딱 좋았는데, 기말고사를 목전에 앞둔 상황에서는 좋지 않았다.

(……하아, 2주인가.)

처음으로 기말고사가 원망스럽다고 생각한 유키였다.

……오타니에게 말했더니, "너무 소녀 같아서 가슴이 아플 정도야"라며 단칼에 잘라내 버렸다.

◇

그 후 유키는 곧바로 공부의 수라(修羅)가 되었다.

아침엔 평소보다 1시간 빨리 학교에 도착해서 공부, 방과 후엔 전체 하교 시간까지 자습실에 남아 공부. 아르바이트 시간은 자습한 시간만큼 뒤로 미룬 상태라 집에 가면 밤늦은 시간이었다. 집에 돌아가면 바로 식사를 하고 잠을 잘 뿐이다. 당연히 느긋하게 하츠시로와 얘기할 시간은 없었다.

그래도.

"잘 다녀오세요, 유키 씨."

"어서 오세요, 유키 씨."

하츠시로는 평소와 다름없이 집안일을 해주고, 평소와 같은 한마디를 건네주었다.

그래서 유키도 스스로에게 더 힘을 불어넣을 수 있었다.

(붙어 있을 시간이 없어서 외롭다고 말할 때가 아니지!)

더 공부해야 했다. 다소의 부주의로 인한 실수가 있다 해도 절대 1위는 누구에게도 양보하지 않을 것이다.

좀 더…… 좀 더…….

◇

"아~ 지금쯤 많이 외롭겠다, 하츠시로."

유키가 시험 직전 모드로 들어간 지 일주일이 지난 점심시간.

여전히 오타니에게 달라붙기 위해 온 후지이가 커피 우유를 마시며 그렇게 말했다.

"아, 역시 그러려나."

점심을 빠르게 끝내고 교과서를 펼치고 있던 유키가 고개를 들었다.

"뭐, 그렇겠지. 네가 생각하는 것 이상으로 하츠시로 씨는 널 좋아한다고 생각하거든."

오타니도 야키소바 빵을 입에 넣으며 그렇게 말했다.

"그, 그래? 이거 부끄럽네~."

얼굴 근육이 풀린 채 멍청한 소리를 뱉는 유키를 보며 오타니는 "바보 같아"라고 한마디 중얼거리고는 한숨을 내쉬었다. 유키는 손대고 있던 문제를 풀며 말했다.

"……그래도 공부를 소홀히 할 수는 없으니까."

"그래? 만약 쇼코가 서운한 마음이 들 정도라면 난 시험 따위 내팽개칠 건데?"

그렇게 말하며 오타니에게 윙크를 하는 후지이.

"그런 형편없는 남자는 사절이야."

하지만 오타니에게 단번에 일축당했다.

"그런 게 가능할 리가 없잖아. 난 특대생이니까. 지금 살고 있는 곳의 집세도 그 지원으로 내는 거라고."

유키가 그렇게 말했지만.

"그래도 쇼코는 한 명이니까 말이지! 둘도 없는 존재는 소중히 해야 하는 법! 쇼코, 이즈, 온리 러브!!"

지난번 시험에서 90점을 받았다고는 생각되지 않는 영어 실력.

그래도, 그 기분을 모르는 건 아니다.

"거기 있는 바보가 하는 망언은 일단 놔두고, 한번 하츠시로 씨랑 얘기해 보는 게 어때? 걘는 외로워도 너한테 폐가 될 것 같으면 무조건 참는 애잖아?"

"그렇지."

"아, 그리고 하츠시로 씨 말이야……."

오타니가 말을 이으려다가 이내 고개를 저었다.

"……아니다, 지금 말할 건 아니네."

"뭐야, 더 궁금하잖아."

"시험 끝나면 알려줄게."

오타니는 다 먹은 빵의 포장지를 빠르게 접으며 그렇게 말했다.

◇

"어서 오세요, 유키 씨."

"다녀왔어, 하츠시로."

아르바이트에서 돌아온 유키를 평소처럼 하츠시로가 맞이해주었다.

시간은 이미 11시 반. 그나마도 일찍 귀가한 편이었다.

"식사 준비 끝났어요."

웃는 얼굴로 말하는 것도 평소와 같았다.

"……아아, 고마워."

"왜 그러세요, 유키 씨?"

"아니, 아무것도 아냐. 그보다 빨리 밥 먹자. 배고파 죽겠다."

"후후. 바로 차릴 테니 잠시만 기다리세요."

유키가 샤워를 하고 실내복으로 갈아입고 나오자 큰 접시에 담긴 카레가 식탁에 놓여 있었다.

"꽤 많이 했는데 괜찮을까요?"

"아, 고마워. 잘 먹을게."

유키가 곧바로 카레를 한입 먹었다.

"……역시 하츠시로의 카레는 최고야."

"과찬이에요. 매일 먹고 있으면서."

하츠시로는 그렇게 말하면서도 숟가락을 들기만 한 채, 기쁜 얼굴로 유키가 먹는 모습을 보고 있었다.

"그래, 매일 먹는 맛이야. 그래서 더 좋은 거지."

야채가 흐물해질 정도로 푹 끓여낸 하츠시로 특제 카레는 재료의 맛이 소스에 잘 배어들어서, 담백하지만 싱겁다는 느낌이 없었다. 요즘 몇 번이나 먹고 있는 평소의 맛이었다.

유키는 물을 한 모금 마시고 입을 열었다.

"요리만이 아냐. 하츠시로가 항상 평소처럼 집안일을 해주고, 집에 나갈 땐 『다녀오세요』라고 해주고, 돌아오면

『어서 오세요』라고 해주니까 더 힘낼 수 있는 거라 생각해. 정말 감사하고 있어."

"그, 그렇게까지 감사를 받으니 쑥스럽네요."

"……저기, 하츠시로. 혹시 억지로 참고 있는 거 아냐?"

유키는 하츠시로의 눈을 똑바로 바라보며 그렇게 물었다.

자연스럽게 물어볼 방법을 여러 가지로 궁리했지만, 번거롭게 돌려 묻는 것은 성미에 맞지 않았다. 하츠시로는 오른손으로 머리를 매만지며 말했다.

"아뇨, 그렇지는…… 그저 늘 하던 대로 할 뿐이니까요."

하츠시로는 평소와 같은 미소를 짓고 있었다.

"그런가. 내 착각이라면 됐어."

일단, 오른손으로 머리를 만지는 바람에 말하고 싶어도 말할 수 없는 게 있다는 건 알아버렸다. 어쩌면 좋을까…….

"저, 유키 씨. 저는 정말 괜찮아요. 그러니 시험공부에 집중해주세요……."

미안하다는 듯한 얼굴로 그렇게 말하는 하츠시로.

이런, 이대로 얘기를 이어가면 오히려 좋지 않겠네. 유키는 그렇게 생각했다. 하츠시로에겐 자신의 일로 유키의 공부 시간이 사라지는 것이 가장 힘든 일일 것이다. 유키에게 시험공부가 얼마나 중요한지 알고 있기에 더욱, 자신으로 인해 집중할 수 없는 일이 생겨서는 안 된다고 생각하고 있다.

(상냥하고 착한 녀석이야. 정말로.)

다만 유키로서는, 순순히 납득하고 이대로 하츠시로를 내버려 두면 반대로 공부에 집중할 수 없을 것 같았다. 어떻게 할까 생각하고 있는데 모니터 옆에 참고서가 놓여 있는 것이 보였다. 유키가 1학년 때 쓰던 것이었다.

지금의 유키에겐 필요가 없는 것이니 아마 하츠시로가 사용했을 것이다. 하츠시로는 유키가 학교에 있는 동안, 꽤 오랜 시간 유키의 참고서로 공부하고 있는 것 같았다.

……이거라면 괜찮을지도 몰라.

"저기, 하츠시로. 자기 전에 좀 더 공부하려고 하는데, 같이 할래?"

"……네? 하지만, 시험 전에는 가능하면 학교에서 하는 게……."

"조금 기분 전환 삼아서……. 안 될까?"

"……."

하츠시로는 잠시 고민하는 눈치였지만,

"……그럼, 실례가 되지 않는다면, 같이 하게 해주세요."

천천히 고개를 끄덕이며 그렇게 말했다.

◇

정적 속에서 시곗바늘 소리와 샤프가 사각대는 소리가 울렸다.

유키는 수학 노트 확인을, 하츠시로는 영문 독해의 문제집을 풀고 있었다.

유키는 본인의 공부를 하면서 하츠시로 쪽을 힐끗 바라보았다.

꼿꼿한 자세로 바닥에 앉은 하츠시로는 부드럽게 펜을 움직이고 있었다. 유키만큼은 아니지만 노트에 술술 답을 적어갔다.

"……전부터 생각한 건데 하츠시로, 공부를 꽤 하는구나."

지금 하츠시로가 풀고 있는 것은 상당히 난이도가 높은 문제집이다. 원래라면 1학년일 하츠시로가 쉽게 풀 수 있는 것이 아니었다. 하츠시로가 다니던 명문 여학교는 비교적 학력 수준이 높은 편이었지만, 그래도 이렇게까지 할 수 있는 사람은 많지 않을 것이다.

"유키 씨만큼은 아니지만, 저도 한 게 공부 정도밖에 없으니까요."

"그래? 아아, 하긴. 휴대폰도 없었고 게임도 여기 와서 처음 했을 정도니까."

"네. 학교에 가고 끝나자마자 집에 와서 집안일 하고 공부하고…… 지금과 별반 다르지 않았어요. 학교에 안 가는 건 좀 신기한 기분이지만요."

"하츠시로……."

"그래서 혼자 천천히 공부하는 것도 익숙해요."

그렇게 말하며 유키에게 미소를 지어 보이는 하츠시로.

역시 머리카락을 매만지고 있었다. 지금 한 말은 유키에게 걱정 끼치지 않기 위한 거짓말……은 아닐 거고, 아마 말하지 못한 본심이 있다는 게 정답일 것이다.

……그래도 무리하게 말하게 하는 건 좋지 않다고 유키는 생각했다. 유키가 하츠시로의 과거를 직접 묻지 않는 것도 그 이유에서였다. 이런 부분은 얘기하고 싶을 때 얘기하는 게 제일이라고 생각한다.

다만.

“저기, 하츠시로. 아까 『그저 늘 하던 대로 할 뿐』이라고, 감사받을 일은 아니라고 했었지.”

“네? 아, 네.”

“그런데 나는, 그 『하던 대로』라는 게 꽤 대단하다고 생각해.”

오타니가 말했던 것처럼 말하고 싶어도 쉽게 얘기하지 못하는 사람이 분명히 있고, 자신의 여자 친구가 그런 아이라는 것을 알고 있기에. 적어도 편하게 말할 수 있도록 도와주고 싶었다.

“늘 제멋대로인 녀석이 항상 하던 대로 하는 건 대단한 것도 뭣도 아니지만 말이야. 하츠시로는 항상 주위를 배려하잖아. 난 하고 싶은 말이 있으면 바로 해버리니까 정말 대단하다고 생각해. 하츠시로가 늘 『하던 대로』 다가와 주는 덕분에, 정말 많은 도움을 받고 있어.”

유키는 잠시 입을 다물었다가 다시 말을 이었다.

“하지만 그건, 지나치게 참는 거라는 생각도 들어. 그러니까…… 조금만 더. 하츠시로가 멋대로 말해줬으면 좋겠어. 모든 걸 받아줄 순 없겠지만, 가능하면 다 받아주고 싶다고 생각해."

거기까지 말하고 유키는 다시 노트에 시선을 떨어뜨린 뒤 자신의 공부에 집중했다.

하츠시로는 펜을 들고 굳은 채로, 한동안 유키가 공부하는 모습을 가만히 바라보고 있었다.

◇

"그래서 결국 하츠시로 씨의 속내는 듣지 못한 거군."

"아아."

이튿날 이른 아침.

평소처럼 유키가 가장 먼저 와서 공부를 하고 있는 와중 오타니가 와서 어제의 일을 꺼냈다.

"들어보니 외로워하는 건 확실한 것 같네. 적당히 공부 시간 줄여서 하츠시로 씨랑 있는 시간이라도 만드는 게 어때?"

"아니, 그럴 순 없어. 그러면 하츠시로는 자기 일로 나한테 폐를 끼친다고 걱정할 거야."

"……하아, 너무 착한 것도 생각해볼 문제네."

오타니는 어처구니없다는 듯한 얼굴로 그렇게 말했다.

"그래도, 난 좀 개운해진 것 같아."

그 말대로 유키의 표정은 전날과는 다르게 망설임이 없

어 보였다.

“하츠시로가 그렇게까지 신경을 써준다면 감사한 마음으로 공부에 집중할 거야. 그리고…….”

유키는 꾹, 결의가 담긴 주먹을 불끈 쥐며 말했다.

“시험이 끝나면 하루 동안 휴가를 내겠어!”

“휴가?”

“그래, 아르바이트도 공부도 그날은 쉴 거야. 그날은 하츠시로랑 계속 같이 있는 거지. 그리고, 그, 데이트 같은 걸 신청해서…… 기뻐하려나? 그래 준다면 좋겠는데.”

“…….”

오타니는 설탕 시럽을 원샷한 것 같은 말로 형용하기 어려운 얼굴이 되어서는, 한숨을 내쉬며 말없이 의자에서 일어났다.

“응? 왜 그래, 오타니.”

“속이 좀 쓰려서 블랙커피 하나 사 올게.”

무슨 말이야? 라며 유키는 고개를 갸웃했다.

◇

기말고사 날이 찾아왔다.

어떤 사람은 공포에 떨고, 어떤 사람은 이번에야말로 좋은 점수를 받겠다고 벼르고, 어떤 사람은 자신과는 상관없다며 전날까지 밤새도록 게임을 한 눈을 비비고 있었다.

그리고 지난번 정기 시험에서 1등을 했던 남자, 유키 유스케는.

"……때가 왔군."

책상 위에 뒤집힌 시험지를 노려보고 있었다.

"자, 얼마든지 와라. 단숨에 해치워주마……."

어떻게 봐도 기말고사를 앞둔 사람의 대사라고는 생각되지 않았지만, 전신에서 피어오르는 투기와 의욕을 앞에 두고 태클을 걸 사람은 아무도 없었다. 털썩, 목제 의자에 앉아 눈을 번쩍 뜨는 그 모습은 마치 천하를 겨루는 장수와도 같은 위용이었다.

"자~ 그럼 시작하세요."

시험 감독의 목소리와 함께 유키는 시험지를 뒤집었다.

그리고 나타나는 문제들. 일문일답, 빈칸 채우기, 논술 문제. 다양한 병사들이 유키에게 덮쳐왔다.

"으랏!"

꽈악, 하고 대검(샤프)을 잡은 유키가 적병들 무리를 향해 돌격했다.

"흥, 기세 좋게 평소보다 더 어려운 문제를 늘어놓고 있지만…… 안타깝게도 네놈들은 이미 해치웠던 상대다."

이미 시험 범위의 문제들은 암기 수준으로 반복해서 몸과 머리에 스며든 상태였다.

유키가 대검(샤프)을 휘두를 때마다 차례차례 풀려가는 문제들. 문제를 만든 교사가 반쯤 장난삼아 집어넣은 짓궂은 함정 문제조차, 만든 이의 의도를 파악할 만큼 문제집을 깊게 이해했던 유키에겐 대수롭지 않았다.

게다가 유키의 몸 상태 역시 지난번 시험 때보다 훨씬 좋았다. 그동안 유키는 시간이 아깝다는 이유로 삼시 세끼 편의점 도시락이나 외식을 했지만, 지금은 하츠시로의 영양가 있고 균형 잡힌 맛있는 식사를 세끼 규칙적으로 먹고 있기 때문이었다. 체감으로는 머리 회전이 세 배는 빨라진 것 같았다.

그야말로 일기당천, 천하무쌍. 아직 20분도 지나지 않았는데 마지막 문제를 남기고 적은 전멸하고 말았다.

"후하하하핫, 가소롭군. 한심해. 네놈들 같은 녀석 때문에 사랑하는 사람과의 시간을 빼앗긴다니 우스운 얘기지. 자, 마지막 문제여. 네놈은 얼마나 나를 즐겁게 해줄……."

"유키, 조용히 풀어라~ 감점한다~."

"아, 죄송합니다."

시험 감독에게 주의를 받은 유키는 다시 얌전히 문제를 풀기 시작했다.

잠시 눈이 마주친 오타니가 세계적 수준의 머저리를 보는 눈빛으로 이쪽을 보고 있었다.

참고로 마지막 문제였던 논술 문제가 생각보다 만만치 않았지만 15분 만에 풀 수 있었다. 실수가 없다면 만점이다.

◇

"……자, 그럼 시험지 앞으로 가져와~."

기말고사 셋째 날. 마지막 시험인 수학B의 시험이 끝났다.

"오늘은 별다른 연락사항도 없으니 이걸로 끝이다. 다들 조심히 들어가라."

그렇게 말하며 시험 감독을 맡았던 A반 담임이 교실을 빠져나갔다.

마지막 날인 3일째는 시험이 3과목밖에 없었기 때문에 점심 전에 끝나서 그대로 하교였다. 유키가 다니는 학교는 시험 종료일에 동아리 활동이나 위원회 같은 일은 일절 없었는데, "공부를 열심히 했으니 실컷 쉬고 놀아야 한다"라는 생각을 가진 교장의 센스 있는 방침이었다. 덕분에 학생들은 밝은 얼굴로 이제부터 뭘 하면서 시간을 보낼지 궁리하기 바빴다.

"후우."

유키는 한숨을 돌렸다.

"……수고했어. 시험은 어땠어?"

뒷자리에 있던 오타니가 필기구를 정리하며 그렇게 물었다.

"솔직히, 최고로 만족스러워."

유키는 살짝 당황한 듯한 모습으로 그렇게 말했다.

"뭐라고 할까, 지금까지 중에서 가장 반응이 좋았다고

해야 하나. 실제 공부 시간만 보면 지금까지 중 가장 짧았는데도."

"흐음, 혹시 여친 파워가 아닐까?"

오타니는 반쯤 농담 섞인 투로 그렇게 말했지만.

"혹시가 아니라 정말 그런 것 같아. 끝나고 이걸 하츠시로에게 줄 생각을 하니까 무한한 힘이 샘솟았거든."

그렇게 말한 유키가 가방에서 꺼낸 것은 모 테마파크의 2인 티켓이었다. 오타니는 세상 진지한 얼굴로 그런 말을 지껄이는 친구를 보며 진심으로 질렸다는 듯이 얼굴을 찡그렸다.

"……하아, 그러시겠죠. 무한한 힘 같은 소릴 진지한 얼굴로 잘도 하는구나."

그리고 오타니는 잠시 틈을 두더니, 목소리 톤을 낮추고 말을 이었다.

"……저기, 유키. 하츠시로 씨 일 말인데."

"……무슨 일 있어?"

"전에 하츠시로 씨 학교에 대해 알아본다고 했었잖아."

"아아, 그랬지."

유키도 진지해진 분위기를 감지하고 오타니 쪽을 바라보았다.

"그땐 알아낸 걸 굳이 너한테 말할 생각은 없다고 했었지만…… 역시 이건 말해야 할 것 같아서. 중학교 동창에게 연락해서 알아봤는데……."

오타니는 잠시 뜸을 들이더니 예상치 못한 말을 꺼냈다.
"그 학교에…… 하츠시로라고 하는 학생은 없대."
"……뭐?"
예상을 완전히 벗어난 말에 유키의 사고가 일순 정지했다.
"아니아니, 잠깐 기다려 봐. 아무리 그래도 그건……."
하츠시로는 분명 그 학교의 1학년 교복을 입고 있었던 것이다.
교복뿐 아니라 가방과 체육복 역시 그 학교의 것이었다.
"나도 모르겠어. 그래서 좀 더 자세히 알아보는 중이야."
"……."
벙쪄있는 유키에게 오타니가 말했다.
"미안해. 넌 그냥 내버려 두길 원했는데, 전해주지 않으면 내 마음이 불편할 것 같아서."
"아니, 그건 괜찮아. 알려줘서 고맙다."
"저기, 슬슬 하츠시로 씨에게 얘기를 들어보는 게 어때? 뭐…… 내가 상관할 부분은 아니긴 하지만."
유키는 손에 든 티켓을 바라보며 잠시 그대로 서 있었다.

◇

오타니에게 예상 밖의 말을 들은 유키였지만, 계속 혼란스러운 상태로 있을 수도 없었기에 일단은 평소처럼 행동하기로 했다.

시험은 끝났지만 유키는 복습을 빼먹지 않는 남자였다. 시험이 끝나는 날엔 항상 자습실에서 기억에 남아있을 때 문제를 복습했다. 이번 시험에서는 모르는 문제는 없었지만, 기억하는 데 시간이 걸리거나, 풀기 어려웠거나, 부주의로 실수한 곳을 나름대로 정리해 두는 것이다.

"……역시 연립 방정식을 이항할 때 가끔 부호 변경을 깜빡하는 버릇은 어떻게든 고쳐야겠어. 이것 때문에 쓸데없이 시간을 낭비하는 경우도 많아."

시험 전까지 기합을 넣고 공부한 사람이라도, 시험 직후 이렇게까지 하는 사람은 좀처럼 없다. 그리고 이런 철저함이 유키가 항상 1등을 거머쥐는 이유이기도 했다.

본심을 말하자면 당장에라도 돌아가 하츠시로에게 티켓을 주고 싶었으나, 조금만 더 참기로 했다. 여기서 어중간하게 해버리면 하츠시로에게 외로움을 느끼게 하면서까지 기말고사에 집중한 의미가 없었다.

"……그건 그렇고, 정말 어떻게 된 걸까."

유키는 조금 전 오타니에게 들은 진실을 머릿속에서 되새겼다.

물론 그렇다고 해서 하츠시로에 대한 태도가 달라지는 것은 아니다. 하츠시로는 하츠시로다.

하지만 오타니의 말대로 슬슬 처한 상황에 대해 물어봐도 좋을 것 같다, 라는 생각이 들었다. 하츠시로가 기본적으로 말을 잘 꺼내지 못하는 타입이라는 것을 충분히 알고 있기 때문이었다.

……물론 망설인다면 억지로 추궁할 생각은 없지만.

"오타니가 본다면 여기선 억지로라도 물어보는 게 좋다고 할지도 모르겠네."

뭐, 그건 그렇다 치고.

지금은 빨리 복습을 마치고 하츠시로가 기다리는 집으로 돌아가자.

◇

복습을 끝내고 학교를 나오니, 이른 오후 정도가 되어 있었다.

빠른 걸음으로 돌아가던 유키의 눈에, 평소에 들르는 슈퍼가 눈에 띄었다.

"아, 이렇게 된 거 선물로 케이크라도 사갈까?"

예전에 오타니가 보여준 여성잡지 만화에서, 단신 부임에서 돌아온 남편이 케이크를 선물로 사 가는 장면을 본 적이 있었다.

자신이 일을 나가 있는 동안 외롭게 한 것에 대한 사과와, 집을 지켜준 것에 대한 감사를 담아서.

봤을 당시엔 솔직히 이해할 수 없었지만, 지금 생각해보면 꽤 센스 있는 계획이 아닌가 싶었다.

그런 이유로, 유키는 슈퍼 안으로 들어가 디저트가 진열된 제과 코너에서 뭐가 좋을지 물색하고 있었다. 그런데.

"음? 유키 아닌가?"

"겍."

초콜릿 케이크와 캔 맥주를 바구니에 가득 담은 시미즈 코지가 있었다.

"여어!"

시미즈가 미소를 지으며 유키 쪽으로 다가왔다.

"이거, 이거, 유키!"

가볍게 인사만 하고 빠르게 달아날까도 생각했지만, 저렇게까지 쓸데없이 기운차게 다가오는데 무시할 수도 없는 노릇이었다.

"아, 안녕하세요. 시미즈 코치님."

"이런 곳에서 만나다니 우연이구나!"

"그, 그러게요. 집이 근처이신가 봅니다."

"아니, 좀 떨어진 곳에 사는데, 거기서 제일 가까운 슈퍼가 쉬는 날이라 이쪽으로 왔다. 그보다 이거 굉장한 우연이네. 이건 분명 신이 유키 자네에게 야구부에 들어가라고 말하는 것 같은데, 어떻게 생각하나?"

그런 신은 멸망해 버려, 라고 유키는 진심으로 생각했다.

(하아. 어쩐지 이 사람이랑은 좀 안 맞아…….)

야구부에 끈질기게 권유해 오는 것도 그렇지만, 왠지 모르게 별로 얘기하고 싶지 않다는 생각이 들었다. 평소 밝고 쾌활한 얼굴로 웃고 있으니 대하기 어려운 사람도 아닐 텐데…….

유키는 지금까지 이런 일이 없었기에, 본인도 익숙하지 않은 느낌에 당황하고 있었다.

"몇 번이나 말씀드렸지만 야구부에 들어갈 생각은 없습니다."

"에이, 그런 말 말고. 자네라면 공부와 병행하는 것도 충분히 할 수 있…… 응? 유키 자네도 케이크를 사러 왔나?"

"네? 아아, 뭐. 시험도 끝났으니까 축하할 겸."

집에서 기다리는 여자 친구를 위해서라는 말은 빠졌지만 거짓말은 아니었다.

"흠흠, 그렇군. 그렇다면 저쪽에 좀 더 비싸지만 맛있는 녀석이 있어. 내가 가져다주마."

"아뇨, 그렇게까지 안 하셔도……."

"잠시만 기다려라!"

시미즈는 그렇게 말하고 성큼성큼 다른 코너로 걸어가 버렸다.

이대로 그가 오기 전에 사라질까. 그런 생각을 하고 있는데.

"저, 유키 씨. 불편하신 얼굴을 하고, 무슨 일 있으세요?"

하츠시로가 어느새 가까이 와 있었다.

평소와 같은 교복 차림이었다.

"아아, 별일 아냐. 장 보러 나왔어?"

"네, 저녁 준비를 하려는데 간장이 떨어져서……."

"그래. 이왕 만났으니까 같이 쇼핑하자. 바구니는 내가 들게."

"감사해요."

유키는 하츠시로가 들고 있던 간장병이 담긴 바구니를 받아들었다.

"유키 씨는 디저트 코너에서 뭔가 살 게 있으신가요?"

"아~."

유키가 뺨을 긁적였다.

물론 솔직하게 시험 기간에 도와준 답례로 케이크를 사려고 했다고 말해도 되겠지만.

(……내일로 할까. 이런 건 왠지 서프라이즈인 편이 좋을 것 같기도 하고.)

일상의 소소한 놀라움은 소중한 것이었다.

하츠시로가 오기 전까지는 개의치 않았지만, 최근에는 유키도 그런 것을 생각하게 되었다. 후지이만큼은 아니지만 이런 데 신경을 쓰게 된 자신을 조금 칭찬해 주고 싶을 정도였다.

"아니, 아무것도 아……."

"어~이, 유키. 케이크 여기 있다~."

망했다. 타이밍도 최악인 남자였다.

시미즈는 사각으로 된 비싸 보이는 케이크 상자를 들고 이곳으로 걸어왔다.

"이거 말이야, 이 아이스크림 케이크가 상당히 맛있……."
"……응? 왜 그러세요?"
시미즈가 갑자기 그 자리에 멈춰 섰다.
대체 왜 저래? 라고 생각하며 유키가 그 시선 끝을 보니.
"……."
하츠시로가 눈을 크게 뜬 채 그 자리에 굳어있었다.
"저기, 왜 그래. 하츠시로?"
"아버지……."
하츠시로의 입에서 나온 말을 잠시 알아듣지 못했다.
지금, 하츠시로가 뭐라고 했지?
"……코토리."
한편, 시미즈 역시 자연스럽게 하츠시로의 이름을 부르고 있었다.

제7화 그녀가 사는 의미

"아버지……."

"……코토리."

시미즈를 아버지라고 부른 하츠시로와, 하츠시로를 이름으로 부른 시미즈.

처음엔 너무나도 예상 밖의 상황에 생각이 멈췄던 유키도 곧 그 의미를 이해했다.

(시미즈 코지가 하츠시로의 아버지? 아니, 근데 성이 다른데…….)

유키가 그런 생각을 하고 있는 사이, 시미즈가 빠른 걸음으로 성큼성큼 하츠시로 앞까지 다가왔다.

"뭘 하고 있는 거야, 너는!!"

가게 안에 시미즈의 호통 소리가 울려 퍼졌다.

평소에도 시미즈의 목소리는 크게 울렸지만, 그것과는 크기도 느낌도 다른, 아이를 엄하게 질책하는 노성이었다.

다른 손님들이 무슨 일인가 하고 이쪽을 보고 있다.

"자, 잠깐만요. 시미즈 코치님."

"아, 아아……. 미안하구나, 놀라게 해서."

유키의 말에 시미즈는 호흡을 한번 가다듬었다. 평소의 싱글벙글한 얼굴은 어디 가고, 입가는 굳게 다물려 있고 눈매는 치켜 올라가 있었다.

"코토리, 지금까지 어디에 있었던 거냐."

조금 전보다는 평소의 어조에 가까웠지만, 그는 여전히 따지는 듯한 태도로 하츠시로에게 물었다.

유키는 하츠시로를 바라보았다.

하츠시로는 고개를 숙인 채 그 자리에 완전히 굳어있었다.

"왜 그러지? 가만히 있으면 모르잖아."

"……."

고개를 숙이고 입을 다물어 버린 하츠시로.

"못 들은 건가? 집을 나가서 종적을 감추고, 그동안 뭘 한 거냐고 묻는 거다."

"……아, 아."

하츠시로는 입을 열어 대답하려 했지만, 입에서는 말이 되지 못한 작은 숨소리만이 새어 나올 뿐이었다.

그 모습에 시미즈는 더욱 미간을 찌푸리며 말했다.

"왜 그러느냐고. 빨리 묻는 말에……."

"시미즈 코치님, 잠깐만요."

보다 못한 유키가 시미즈의 말을 가로막으며 말했다.

지금 상태의 하츠시로가 제대로 된 대답을 할 수 있을 리 없었다.

"그 질문에는 제가 대답하겠습니다."

◇

유키는 시미즈가 타고 있던 차에 하츠시로와 함께 올라탔다. 조수석에 앉은 그는 자신의 아파트까지 가는 길을 안내하며 그간의 일을 이야기했다.

폐건물 옥상에서 비를 맞고 있던 하츠시로를 집에 들인 일, 그리고 남자 친구가 되어 하츠시로가 안정을 찾을 때까지 함께 살았던 일까지, 모두 숨김없이 말했다.

상대는 그녀의 부모다. 이제 와서 숨겨도 소용없다.

아무리 그래도 자살하려고 했다는 것까진 말하지 않았지만.

"……그렇군."

"원래라면 바로 경찰에 신고해야 했겠지만 제 판단으로 그러지 않았습니다. 걱정을 끼쳐드려서 죄송합니다."

그렇게 말하며 고개를 숙이는 유키.

시미즈는 핸들을 조작하면서 잠시 입을 다물었다.

유키도 입을 다문 채 다음 말을 기다렸다. 혼날 것은 각오하고 있다.

옳은 행동이었다고 할 순 없었지만 자신이 벌인 일이 잘못된 것은 아니라고 자신 있게 말할 수 있었다. 그러니까 질책도 피하지 말고 받아들이자.

그렇게 생각했는데.

"이야, 다행이군! 자네 같은 아이와 함께 있어줘서 말이야."

시미즈는 평소처럼 생글생글 웃으며 그렇게 말했다.

"네?"

조금 전 하츠시로처럼 엄하게 질책받을 것이라 생각했기에 멍해진 유키.

"화내지 않으십니까?"

"응? 뭐, 그건 부차적인 거니까. 여자애가 갑자기 혼자 사라져서 걱정했거든. 나쁜 놈에게 붙잡힌 건 아닐까 하고 말이야. 얘기를 들어보니 불순 이성 교제 같은 건 없었던 거잖니?"

"아, 네. 물론입니다."

"음. 학생답게 바르고 정직하니 보기 좋구나. 코토리는 일찍 어머니를 여읜 탓에 내성적인 성격이 돼서 불안했는데, 자네 같은 든든한 남자 친구가 생겨서 안심이다."

"……아뇨, 하츠시로는 정말 좋은 아이라서요. 아, 저기서 좌회전하시면 됩니다."

"그래그래, 알겠다. 아아, 참고로 하츠시로는 죽은 내 아내의 예전 성이다."

과연 그렇게 된 거군. 그래서 오타니가 조사해도 하츠시로라는 성을 가진 학생이 없었던 것이다. 유키가 비 오던 그날 밤에 이름을 물었을 때, 순간적으로 어머니의 예전 성을 말해버린 거겠지.

"그나저나 코토리도 유키에게 감사 인사를 해야겠지?!"

시미즈가 뒷좌석에 앉아있는 하츠시로에게 그렇게 말했다.

"……네. 유키 씨, 감사합니다."

"아, 괜찮아. 나도 하츠시로랑 함께 있어서 좋았으니까."
"응응, 좋네~ 풋풋하고……. 아, 여긴가? 자네의 아파트가."
"아, 맞습니다."
시미즈의 차가 유키의 아파트 앞에 멈춰 섰다.
"그럼 둘이서 짐 싸서 가져와라. 난 여기서 기다릴 테니."
"……네."
유키는 그렇게 말하고 차에서 내렸다.
하츠시로도 조용히 차에서 내린다.
그래, 당연한 일이다.
하츠시로는 지금부터 짐을 싸서 본래 자신의 집인 시미즈의 집으로 돌아가는 것이다. 두 달 가까이 이어지던 두 사람의 생활은 그렇게 갑작스럽게 끝이 나고 말았다.

◇

"……."
"……."
유키의 집으로 들어간 하츠시로는 묵묵히 자신의 짐을 정리했다.
그렇다고 해도, 이 집에 하츠시로의 물건은 거의 없었다. 원래 입고 다니던 교복과 책가방에 들어갈 만한 것들밖에 가져오질 않았었다. 생필품은 유키가 산 것을 사용했기 때문에 남은 거라고 하면 오타니와 함께 산 옷 정도였다.

"……그보다 놀랐어. 시미즈 코치님이 하츠시로의 아버지였다니. 그래서 캐치볼을 그렇게 잘한 건가?"

"아, 아뇨. 같이 야구를 하진 않았어요. 그래도, 아버지의 시합은 어머니랑 자주 보러 갔어요."

"아아, 그래서 하츠시로도 요령 같은 걸 알고 있었던 걸지도…… 아니, 하츠시로가 아닌가. 시미즈 코토리니까."

"하츠시로라도 부르셔도 돼요. 유키 씨에게 그렇게 불려서 익숙해졌으니까요……."

"그래? 하긴 나도 이쪽이 더 익숙하긴 하네."

"네……."

"……."

"……."

거기서 대화가 끊겼다.

유키가 방안을 둘러봤다.

"아, 게임기 가져갈래?"

유키가 모니터와 연결된 게임기를 가리키며 그렇게 말했다.

하츠시로가 고개를 저었다.

"아뇨, 그건 유키 씨 거고……."

"원래 하츠시로를 위해 샀던 거니까. 하츠시로가 좋다면 편하게 가져가도 돼."

하츠시로는 잠시 입을 다문 채 게임기를 바라보았다.

유키는 그런 하츠시로의 대답을 기다렸다.

수십 초 정도가 지났을까, 이윽고 하츠시로가 작게 웃으며 말했다.

"……알겠습니다. 그럼 감사히 받을게요."

"너무 많이 해서 또 몸 망치지 말고."

"이, 이제 그렇게는 안 해요."

하츠시로가 수줍게 말하며 게임기를 조심스러운 손길로 가방 속에 집어넣었다.

이것으로 준비는 끝났다.

"……그럼, 가 볼게요."

"그래."

하츠시로가 가방과 옷을 챙겨 들고 일어나 현관 앞까지 걸어갔다.

"유키 씨, 지금까지 감사했어요."

하츠시로가 그렇게 말하며 고개를 숙이려던 그때.

"……잠깐, 하츠시로. 한 가지 물어볼 게 있어."

"뭔가요?"

"하츠시로…… 내게, 뭔가 하고 싶은 말이 있지 않아?"

유키의 말에 하츠시로가 눈을 크게 떠 보였다.

"……왜, 그렇게 생각하세요?"

"아까부터 계속 머리를 만지고 있었으니까. 아는지 모르겠지만 그거, 할 말이 있는데 하지 못할 때의 버릇이야."

그래. 아까부터 계속, 아니, 시미즈와 만난 이후로 계속 그랬다.

하츠시로가 머리를 만지는 모습이 계속 보였던 것이다.

그러니까, 무언가가 있는 거다.

분명히.

말하고 싶지만, 남에게 피해를 주고 싶지 않은 하츠시로가 말하지 못하는 것이.

"하츠시로. 전에도 말했지만, 나는 네가 좀 더 멋대로, 편하게 말했으면 좋겠어. 가능하면 다 받아주고 싶어. 그러니까, 얘기해 주지 않을래?"

유키는 하츠시로의 눈을 똑바로 바라보며 그렇게 말했다.

하지만.

하츠시로는 곧바로 눈을 돌리며 고개를 숙여버렸다.

"……아니, 아무것도 없어요."

"하츠시로……."

"정말, 아무것도 없어요. 저는…… 괜찮아요……."

"……."

그 표정은 도저히 괜찮은 얼굴로 보이지 않았다.

하지만 더 이상 물어본다 해도 하츠시로는 말해주지 않겠지. 무리하게 캐낼 수도 있었지만…… 그래도, 유키는 그러고 싶지 않았다.

"그래……. 그럼 됐어. 말하고 싶어지면 말해줘."

"……죄송해요."

"괜찮아, 사과할 일이 아니잖아. 그보다 게임하고 싶어지면 하러 가도 될까?"

"네, 당연하죠. 기다릴게요……."

하츠시로는 웃는 얼굴로 그렇게 말했다.

평소와는 다른, 어색하기만 한 미소였다.

◇

시미즈는 차에서 내려서 담배를 피우고 있었다.

"좀 늦었구나, 둘 다."

"죄송합니다, 기다리셨죠."

유키가 그렇게 말하자 시미즈는 담배를 땅에 떨어뜨리고는 발로 불을 껐다.

"아니, 괜찮아. 함께 지냈었으니 둘이서 하고 싶은 얘기가 많았겠지."

"……그럼, 유키 씨. 가 볼게요."

"그래."

하츠시로가 유키에게 고개를 숙여 보이고는 뒷좌석에 올라 문을 닫았다.

그 모습을 확인한 시미즈가 유키 쪽으로 다가가 작은 목소리로 말했다.

"유키. 다시 한번, 지금까지 코토리를 보살펴줘서 고맙다."

"아니, 보살피다뇨. 집안일도 해주고, 오히려 제가 보살

핌을 받았을 정도예요."

"후후. 그래그래. 코토리의 요리 꽤나 맛있지?"

"네. 그야 물론……."

유키에게는 최고의 맛이었다. 피곤한 채로 돌아왔을 때 하츠시로의 음식을 먹는 것이 삶의 보람이라고 해도 좋을 정도로.

"아, 그렇지, 유키."

시미즈는 담배를 한 개비 더 꺼내서 불을 붙이고는 한 번 빨아들였다.

"당분간은 코토리와 만나지 말아주겠나? 부모와 자식 간에 앞으로의 일에 대해 천천히 얘기할 시간도 필요할 것 같아서 말이야."

"……아, 네."

하긴 그럴 시간도 필요하겠지.

"정말 자네에겐 어떻게 감사해야 좋을지. 정리되면 먼저 연락하마……. 하는 김에 야구부까지 들어가 준다면 더 감사할 텐데……."

"그건 거절하겠습니다."

"그런가……. 아쉽군. 정말 아쉬워."

시미즈는 그렇게 말하며 운전석에 올라타고는 문을 닫았다.

피우고 있던 담배는 입에 문 채였다.

◇

"……."

하츠시로가 사라진 방에서 유키는 홀로 멍하니 서 있었다.

자신 이외엔 아무도 없다. 두 달 전까지만 해도 그건 당연한 풍경이었다. 하지만 지금은…….

"이게 그건가. 마음에 구멍이 뻥 뚫렸다는 기분인 건가?"

만약 그렇다면 이 얼마나 약해빠진 모습인가. 공부와 아르바이트만 하던 날들도 얼굴색 하나 바꾸지 않고 반복해 왔던 유키 유스케는 대체 어디로 가버린 것인가.

하지만 언제까지고 넋을 놓고 있을 수도 없었다.

일단 공부를 해볼까 싶어서 책상 위에 앉았다.

하지만.

"……아—, 이거 안 되겠는데."

전혀 집중이 되지 않았다. 문제지의 글자가 이렇게까지 눈을 비껴가는 것은 처음이었다.

책상 위에 놓인 하츠시로가 쓰던 문제집에 자꾸만 눈이 갔다.

방 한구석에 놓인 하츠시로가 자던 이불도, 요리에 쓰던 칼과 식기도, 촉감을 마음에 들어 했던 수건도. 하츠시로의 물건은 가져갔을 텐데, 집 안에 하츠시로의 존재가 배어 있었다.

"카페에서 공부하자."

유키는 지갑과 필기도구, 문제집을 챙겨서 집을 나섰다.

◇

시미즈와 하츠시로를 태운 차가 2층으로 된 독채 마당에 멈춰 섰다.

시미즈와 하츠시로가 오랜 시간 동안 둘이서 살아온 집이었다.

"……도착했다, 코토리."

"……."

"야, 빨리 내려."

"……네."

하츠시로는 작은 소리로 그렇게 대답하고는 차에서 내려 시미즈를 따라갔다.

현관을 열고 안으로 들어가니 익숙한 담배 냄새가 풍겨왔다. 벽까지 배인 그 냄새는 그녀가 줄곧 살아온 곳일 텐데도 진정되는 느낌은 조금도 없었다.

유키의 방은 밖에서 돌아오면 절로 한숨이 놓이는 따뜻함이 있었는데, 대체 이 차이는 뭘까. 하츠시로는 생각했다.

달칵, 하고 현관문이 닫혔다.

조금 전까지 생글거리며 웃고 있던 시미즈의 얼굴이 스

륵, 일그러졌다.

"……자, 코토리. 변명이 있다면 들어주마."

"……."

그것이 의미 없다는 것을 아는 하츠시로는 눈을 감고 이를 악물었다.

곧바로, 그 뺨에 단단한 충격이 날아들었다.

유키가 카페에 도착하자 익숙한 얼굴이 보였다.

"어머, 우연이네."

"여어, 유키."

오타니와 후지이였다.

텅 비어 얼음만 녹아있는 음료 잔이 탁자 위에 놓여있는 것을 보니 둘이 이야기를 나누고 있었나 보다.

후지이가 유키의 손에 들린 문제집을 보며 말했다.

"뭐야, 유키. 시험 끝난 지 얼마나 됐다고 벌써 공부야?"

"……어."

유키가 무심하게 대답했다.

그 모습을 본 오타니가 인상을 찌푸리며 말했다.

"유키……. 너, 무슨 일 있었지?"

"아니, 딱히."

"그런 얼굴로 잘도 아무 일도 없겠네. 일단, 시험이 끝났는데도 하츠시로와 함께 있지 않다는 게 이상해."

노려보듯이 똑바로 이쪽을 쏘아보는 오타니의 시선에 유키는 아무 말도 못 한 채 입을 다물어 버렸지만.

"포기해, 유키. 쇼코가 이렇게 되면 아무도 못 말려."

후지이가 어깨를 으쓱하며 그렇게 말했다.

"나로서도 내 친한 친구가 걱정되는데. 괜찮다면, 얘기해줄래?"

"……그래, 하긴. 너희는 하츠시로와도 친했으니까."

그렇게 말한 유키는 두 사람과 같은 테이블에 앉아, 간단히 음료만 주문하고 오늘 있었던 일을 털어놓았다.

두 사람은 먼저 시미즈가 하츠시로의 아버지라는 사실을 듣고 탄성을 뱉었으나, 곧이어 입을 다문 채 진지한 눈빛으로 유키의 이야기를 들었다.

유키도 그 두 사람에게 모든 것을 말했다.

대략적인 것이 아닌, 유키가 정말로 느낀 것. 시미즈가 하츠시로 앞에서 평소와 다른 얼굴을 내비친 것과, 하츠시로가 떠나기 전 뭔가 말하지 못한 본심이 있었다는 것. 되는 대로 자신이 느낀 것과 알고 있는 것을, 전부.

"……그런 거였군."

얼추 이야기를 전해 들은 오타니는 드링크바에서 가져온 커피를 한 모금 마시고는.

"일단 유키……. 넌 천하의 멍청이야."

조금의 망설임도 없이 그렇게 쏘아붙였다.

예상치 못했던 말에 유키는 조금 얼떨떨한 얼굴로 입을 열었다.

"무, 무슨 뜻이야?"

"말 그대로의 의미다, 이 멍청아. 하츠시로 씨가 하고 싶은 말이 있는데도 못하는 걸 알고 있었으면서, 어째서 묻지 않은 건데."

"그건……."

오타니는 커피잔을 테이블에 놓으며 말을 이었다.

"일단, 왜 그렇게 간단하게 시미즈의 말에 수긍해서 하츠시로 씨를 보낸 거냐고, 아무리 너라도 그런 생각은 했을 거 아냐? 하츠시로 씨는…… 돌아가고 싶지 않은 거라고."

"……."

그랬다. 그건 확실히 유키도 생각했던 일이었다.

혹시 그런 건 아니었을까, 하고.

하지만…….

"그래도, 어떻게 할지 결정하는 건 하츠시로니까……."

"유키, 너……."

"내가 이래라저래라 말할 건…… 아니잖아. 억지로 캐묻는 짓은 하고 싶지 않다고. 딱히 앞으로 만나지 못하는 것도 아니고. 게다가 시미즈는 하츠시로의 아버지야. 걱정되는 게 당연하잖아. 그리고…… 그리고."

유키는 손에 들고 있던 컵을 움켜쥐었다.

"……아버지가 살아 있다면 같이 있게 해줘야지. 언제까지나 있는 존재가 아니니까…….”

“유키…….”

한때 아버지와 함께 연습하는 유키의 모습을 본 적 있던 후지이가 작게 중얼거렸다.

한편 오타니는 다시 컵을 들더니 남은 커피를 단숨에 들이마셨다.

“후우……. 네 마음을 모르는 건 아니지만.”

그리고 탁자에 내던지듯 컵을 내려놓았다.

“유키. 너는 남들에게 이래라저래라 강요하는 걸 무의식적으로 싫어하지. 그건 아마 네가 아버지에게 야구를 강요당해서 그런 거라 생각해. 너 자신은 그렇게 싫지 않았다고는 해도, 무의식적으로 그것이 옳지 않다는 걸 알고 쓸데없이 상냥한 넌 그걸 남에게 하지 않는 거야.”

“……그렇지는.”

않아, 라고 하려는데 말이 나오지 않았다. 그만큼 오타니가 한 말엔 반박할 구석이 없었다.

확실히 유키는 타인에게 무언가 시키는 것을 피하는 버릇이 있었다. 특히 상대방이 한번 거부하면 곧바로 물러난다. 하츠시로와 손을 잡으려고 할 때도, 아침밥을 해 달라고 할 때도, 선물을 하려고 할 때도, 이번 일도 그랬다. 기본적으로는 상대방의 마음이 내킬 때까지 기다리거나, 그렇게 되도록 에둘러서 부탁할 뿐이었다.

“뭐, 이상하게 나한테는 사양 않고 부탁하는 것에 대해

선 나중에 천천히 따지는 걸로 하고. 넌 간섭을 하고 싶어도 그걸 강요하고 싶진 않은 거야. 그건 훌륭한 생각이고, 네가 그랬기 때문에 하츠시로 씨로 네 곁에서 안심하고 지낼 수 있었던 거라고 생각해……. 하지만."

오타니는 유키에게 얼굴을 가까이 대고 말했다.

"강제적인 간섭이 나쁜 것만은 아냐. 옷을 사러 갔을 때, 나는 너한테 억지로 네 옷을 사게 했지. 그건 그냥 민폐였니?"

"……아니, 하츠시로가 엄청 기뻐했어. 멋있다고 해줘서, 나도 좋았고."

"그런 거야. 지금도 봐. 내가 억지로 말하라고 해서 너는 이렇게 나한테 자신의 일을 털어놓고 있지."

"……."

"유키 너조차 이런데, 하츠시로 씨는 어떻겠어. 조금은 억지로 간섭하지 않으면 그 애는 무조건 계속 참을 거야……. 기어이, 다시 뛰어내리기 전까지 말이야."

"…… 그걸 어떻게 알고 있는 거야."

"옷 고르고 있을 때, 얘기를 듣고 어쩐지 그럴 거라 생각했어……. 그래서, 자살하려고 했던 것에 관한 건데."

오타니가 휴대폰을 꺼내 화면을 조작했다.

화면에는 메시지를 교환한 내용이 떠 있었다.

그 내용은, 하츠시로라는 이름의 학생은 없지만 1학년 중 2개월 전부터 등교하지 않은 학생이 있다는 것. 아마 하츠시로일 것이다. 시미즈 코토리라는 이름으로 조사하면 이 학생이 하츠시로라는 것을 알 수 있을 터였다.

하지만 눈을 의심한 것은 거기서부터였다.

"……괴롭힘은……없었다고?"

"그래. 정확히는 처음엔 건드리는 애들이 있었는데, 어느 날 반쯤 장난삼아 밀쳤더니 하츠시로 씨가 넘어져서 머리에서 피가 났다나 봐."

하지만, 그때 하츠시로의 반응이 이상했다고 한다.

피가 흐르는 얼굴로, 표정 하나 바꾸지 않고 "죄송합니다"라고 딱 한 마디 사과한 것이다.

"장난친 애들이 섬뜩해했나 봐. 확실히 이상한 반응이긴 해. 그 이후로는 아무도 그 애와 엮이려 하지 않았대. 그런대로 똑똑한 애들이 모인 학교니까, 위험해 보이는 건 섣불리 건드리지 않는 게 좋다는 계산이었겠지."

그전이나 이후나, 하츠시로가 학교에서 다친 것은 그 한 번뿐이라는 뜻이었다.

"잠깐…… 그렇다면 하츠시로의 부상이나 그 반응은……."

하츠시로는 함께 공부했을 때, 학교에 갔다 바로 집으로 돌아가는 생활이었다고 했다.

그 말에 거짓이 없다면…… 하츠시로가 다칠 장소와 원인은 이제 하나밖에 없는 것 아닐까.

"유키. 네 아버지가 어떤 분이었는지는 몰라. 하지만 하츠시로 씨의 아버지, 시미즈는 네 눈으로 볼 때 『좋은 아버지』로 보였어?"

오타니의 말에 유키는 다시 한번 시미즈가 하츠시로를 대하던 태도를 떠올렸다.

위압적인 말과 명령하는 듯한 말투, 분노를 감추려고도 하지 않던 표정.

그건 유키의 아버지도 마찬가지였지만, 그것과는 전혀 결이 다른…….

"저기, 유키."

조금 전까지 잠자코 있던 후지이가 입을 열었다.

"나는 그 사람에게 지도를 받고 있는데 굉장히 알기 쉽고 깊이 있게 지도해줘서 도움이 많이 돼. 역시 전 프로야구 선수라고 항상 감탄하지. 근데, 늘 생각하던 게 있어……."

후지이는 목소리 톤을 낮추고는 말을 이었다.

"눈이 전혀 웃고 있지 않아. 늘 생글거리며 밝은 목소리를 내는데도, 보고 있으면 겁이 날 정도로."

그것은 유키도 느끼던 위화감이었다.

아마도 시미즈와의 대화가 불편하다고 느낀 것은, 얼굴은 웃고 있는데 조금도 즐거워 보이지 않았기 때문일 것이다. 그리고 그런 인간과 하츠시로가 계속 함께 지냈다는 것이고, 지금도 그 남자와 함께 있는 것이다.

"……하츠시로!"

정신을 차리고 보니 유키는 몸을 일으키고 있었다.

그 모습을 본 후지이가 말했다.

“시미즈 코치님 집이라면 시립 고등학교 근처에 있는 고깃집 맞은편, 빨간 지붕으로 된 이층집이야.”

“고마워, 후지이……. 그리고.”

“응? 왜 그래?”

“어쩌면…… 너나 야구부 애들한테 폐를 끼치게 될지도 몰라.”

후지이는 컵에 든 얼음을 하나 입에 넣었다.

“음, 뭐……, 맘대로 하면 되지 않을까? 무슨 일이 있으면 난 점보 파르페로 타협해줄게.”

그리고 얼음을 오독오독 씹으며, 살짝 웃어 보였다.

“그래, 얼마든지 사줄게.”

유키는 그렇게 말하고는 천 엔짜리 지폐를 테이블 위에 올려놓고 카페를 뛰쳐나갔다.

◇

사람은 아픔에 익숙해지지 않는다.

그저, 반응하는 것조차 지치는 것뿐이라고 하츠시로는 생각했다.

“하여간 너는, 괜한 수고를 끼치게 하고 말이야.”

시미즈가 우락부락한 큰 손으로 하츠시로의 멱살을 움켜잡았다.

"……죄, 죄송해요."

"이게 사과하고 끝날 일이야?!"

노성과 함께 바닥에 내동댕이쳐진다.

폐를 쥐어짜는 느낌에 소리가 되지 못한 신음이 새어 나왔다.

괴로워. 하지만, 소리를 지르는 것조차 할 수 없다.

"이 더운 날, 내가 건방진 학생 새끼들 상대하고 있을 때 넌 남자랑 시시덕거리고 있었다는 거냐? 지금 장난해?"

"죄, 죄송……."

"그러니까 사과로 끝날 얘기가 아니라고 하잖아!!"

배를 축구공처럼 걷어차였다.

쿵, 하고 속까지 울리는 충격에 하츠시로의 몸이 경련했다.

시미즈는 화를 주체하지 못하고 어깨를 들썩이며 말했다.

"하아, 하아…… 건방지게 까불고……. 응?"

하츠시로가 쓰러지며 가방 안에 있던 내용물이 바닥을 뒹굴었다.

시미즈는 그 안에 있는 것에 시선을 던졌다.

"뭐냐, 이 네모난 상자는?"

그것은 집을 나가면서 유키에게 건네받은 게임기였다.

유키가 자신을 위해서 사준 것이다. 자신이 푹 빠져서 했던, 그리고 유키와 함께 웃으면서 했던 게임기였다.

"아, 광고에서 나온 게임기인가……. 그거냐? 유키 놈에게 선물 받은 거냐? 시답잖긴, 이딴 건……!"

시미즈가 게임기를 바닥에 내던지려는 듯 양손으로 쳐들었다.

"안 돼!!"

"뭣, 무슨."

하츠시로가 필사적으로 시미즈에게 달려들더니 그 손에서 게임기를 빼앗았다.

"……야, 지금 뭐 한 거냐, 코토리."

"그, 그게, 이건……."

뒤늦게 사고를 쳤다는 생각이 들었다.

시미즈는 화가 머리끝까지 오른 듯한 모습으로 바닥을 구르는 하츠시로에게 다가가서는.

있는 힘껏 발꿈치로 그녀를 밟았다.

"윽…… 흐윽."

다시 하츠시로의 입에서 소리가 되지 못한 신음이 새어 나왔다.

그래도 시미즈는 멈추지 않았다. 몇 번이고, 몇 번이고, 웅크리고 있는 하츠시로를 짓밟았다.

"뭐야, 지금 대드는 거냐? 부모님한테?"

몇 번이고, 몇 번이고. 노성을 내뱉으면서.

하츠시로는 꼼짝도 못 한 채 그저 웅크리고 고통을 참을 수밖에 없었다.

그래도 추억이 담긴 게임기는 양손으로 지키듯이 꼭 껴

안았다.

"너는! 누가, 번, 돈으로! 살고 있다고, 생각하는 거야!!"

머리 위로 격정에 휩싸인 아버지의 목소리가 쏟아졌다.

의식을 잃을 것 같은 고통 속에서, 하츠시로는 생각했다.

어째서 이렇게 되어버린 걸까, 하고.

적어도 처음엔, 하츠시로가 7살이 될 때까진 화목한 가족이었다.

예쁘고 가끔은 엄하시지만 자상한 어머니. 아버지는 프로야구 선수라서 집에 자주 들어오시진 못했지만, 그래도 돌아오면 셋이 함께 근처 레스토랑에 가서 밥을 먹었다. 하츠시로가 좋아하던 것은 핫케이크 세트. 그런 건 얼마든지 집에서 먹을 수 있지 않냐고 하시던 어머니를 아버지가 달래주시던 기억이 난다.

세 사람 모두 웃는 얼굴이었다.

하지만 하츠시로가 7살 때 어머니가 사고로 돌아가셨다.

그날, 어머니와 둘이서 수영장을 다녀오는 길이었다. 도중에 아이스크림을 먹고 싶다며 하츠시로가 어머니의 말도 듣지 않고 맞은편 편의점을 향해 길을 건너려던 때, 과속 중이던 승합차가 달려든 것이다.

어머니는 하츠시로를 구해내고 그대로 차에 치였다.

병원으로 옮겨졌지만 소식을 들은 아버지가 달려왔을 무렵엔 이미 숨을 거둔 상태였다. 하츠시로는 죽기 직전 어머니와 나눈 대화를 선명하게 기억하고 있었다.

죄송해요, 죄송해요, 제가 멋대로 굴어서…….

승합차는 명백히 과속을 하고 있었다. 하지만 보행자 신호는 빨강이었다.

튀어 나간 것은 자신이다. 그러니 죽는 건 엄마가 아니라 자신이어야 했는데…….

흐느끼며 사과하는 하츠시로에게 어머니는 쉰 목소리로 말했다.

『나야말로 미안하구나, 코토리……. 착한 아이가 되어서, 엄마 대신 아빠를 도와주렴…….』

하츠시로는 그 말을 가슴 깊이 새겼다.

네, 어머니.

저 착한 아이가 될게요. 노력할게요. 엄마 대신 아빠를 도와줄 수 있도록.

아버지는 야구를 은퇴하면서 집에 있는 시간이 전보다 늘었지만, 그동안 줄곧 자신의 방에 틀어박혀 울었다. 그 소리가 잦아든 뒤에도 아버지가 웃는 일은 없었다.

그리고, 어느 날부터 아버지는 하츠시로에게 어머니가 있을 땐 하지 않던 훈육을 하기 시작했다.

『놀지만 말고 공부를 해라.』

그런 말을 들었다. 당연히 하츠시로는 어머니의 말대로, 아버지를 돕기 위해 노력했다.

네, 아버지. 착한 아이가 될게요.

그날부터 하츠시로는 전혀 놀지 않고 학교 공부를 열심

히 했다. 하지만 필사적으로 공부해서 좋은 점수를 받아도 아버지는 웃지 않았다.

『집안일 정도는 좀 거들지 그래?』

네, 노력할게요.

하츠시로는 그날부터 집안 살림을 도맡았다.

그런데도 아버지는 기뻐하지 않았다.

『여자니까 요리 정도는 만들 수 있어야지.』

네, 노력할게요.

하츠시로는 그날부터 어머니가 만들던 요리 노트를 참고해 공부했다.

열심히 연습했다. 아버지가 웃어주길 바라며. 하지만 아무리 맛있게 만들어도 아버지는 무표정한 얼굴로 아무 말 없이 먹기만 하고, 웃어주지 않았다.

어느 날 하츠시로가 돌아오는 길에, 길고양이와 장난을 치다가 늦게 들어오자 아버지는 화를 내며 하츠시로의 뺨을 때렸다.

"걱정시키지 마, 멍청한 자식아!"

그때는 아직, 하츠시로를 걱정해서 그만 손이 나간 것이라 생각했다.

하지만 이후 아버지의 폭력은 점점 강도를 높여갔다.

얻어맞고, 걷어차이고, 던져지고, 담뱃불로 지져지고.

그런 일이 일상이 되었지만, 하츠시로는 그래도 괜찮다고 생각했다. 그걸로 어머니가 돌아가신 뒤 웃지 않게 된 아버지의 마음이 풀린다면.

지켜봐 주세요, 어머니. 제가 어머니 대신 아버지를 도와드릴게요.

아버지. 저는 괜찮으니까, 다시 웃어 주세요.

그리고 그대로 시간이 흐르고…….

두 달 전 비가 세차게 내리는 날.

하츠시로는 우연히 어머니가 자주 만드시던 카레의 맛을 완벽하게 재현해냈다.

줄곧 원하던 맛이었다. 어머니가 아버지께 처음 선보인 요리도 이 카레였던 것 같다. 이거라면 기뻐하실 것이 틀림없었다.

하츠시로는 저녁 식사로 그 카레를 내놓았다.

아버지는 그것을 한 입 먹고는 몸을 굳혔다.

맛있다, 라며 웃어주실까. 기대로 마음이 부풀었는데.

아버지는 천천히 접시를 들고 일어서더니.

『……너 말이야. 걔를 잃은 나를 지금 비꼬는 거냐? 아니면, 설마 네가 걔를 대신할 수 있다고 생각했나?』

그렇게 말하며 카레를 접시째 쓰레기통에 버렸다. 머리가 새하얘졌다.

그 뒤 아버지는 평소처럼 고함을 치며 폭력을 휘둘렀지만, 그 부분은 잘 기억나지 않았다.

다만, 자신이 해왔던 것은 헛수고였구나, 생각했다.

난 지금까지 무얼 위해 살았을까 하는 생각이 들었다.

이렇게 힘들고 아프고 괴로우면서까지.

……조금이라도 편해지고 싶다고 생각했다.

정신을 차리고 보니 최소한의 물건을 가방에 챙겨 넣고 집에서 나온 채였다.

그렇게 한참을 헤매다 다시 정신을 차리니, 폐빌딩 옥상에 서 있었다.

난간을 넘어 발아래를 보았다.

아아, 편할 것 같아.

그런 생각에 빨려 들어가듯이 몸을 내던지는데…….

그때, 목소리가 들렸다. 자신 또래 남자아이의 목소리가.

"……츠……시로."

맞아, 이런 목소리였다. 어딘가 상냥하고 차분한 목소리. 어쩌면 그 순간부터 바로, 알게 모르게 그 사람에게 끌렸던 걸지도 모른다.

"하츠시로!!"

"……어?"

거실 입구에 땀범벅이 된 채 어깨를 들썩이는 유키가 서 있었다.

◇

약 10분 정도 거슬러 올라, 유키는 근처 시립 고등학교로 향하는 언덕을 달려가고 있었다.
숨이 가빠왔다.
아아, 젠장. 지구력도 떨어졌네.
급한 경사에, 해가 떨어졌는데도 느껴지는 강한 아스팔트의 열기가 유키의 체력을 앗아갔다.
다리의 감각도 사라지고 있었다.
그런데도, 달렸다.
팔을 흔들며 무거운 몸을 앞으로, 계속.
왜 그렇게까지 하냐고?
그야 뻔하지 않은가.
(여자 친구가 기다리니까…….)
생각해보면 하츠시로는 처음부터 누군가가 만지는 것을 이상할 정도로 무서워했다. 교복 밑으로 보이는 멍과 상처들. 누군가에게 폐를 끼치는 것 역시 이상할 정도로 두려워했다.
어떠한 무거운 짐을 짊어지고 있다는 사실은 곧바로 알았다.
하지만.
그런데도, 하츠시로는 유키의 마음에 최대한 응하려고 해주던 상냥한 아이였다.
『미소녀가 죽으면 아까우니까 사귀어 줘.』
기세로 뱉은 이런 바보 같은 고백에도 솔직한 마음이 기쁘다며 받아주었다.

손을 잡아 달라는 부탁에, 무서워하면서도 유키의 손을 잡아주었다.

유키를 위해 매일 맛있는 요리도 만들어 주었다.

그리고 무엇보다.

공부와 아르바이트로 청춘을 보내느라 자연스러운 연애 같은 건 하지 못했던 유키가, 그 나름대로 기뻐해 줬으면 하고 행했던 것들을.

오타니에게 알기 어렵다고 들었던 유키의 서투른 배려를.

하츠시로는 알아주고, 이해해주고, 기뻐해 주었다.

달리 없을 것이다. 이렇게 기쁜 일은.

달리 없을 것이다. 이렇게 상냥한 아이는.

그래서, 유키는 죽어라 달렸다.

기다려 줘, 하츠시로. 지금 갈 테니까.

언덕을 다 오르자 시립 고등학교가 보였다. 거기서 오른쪽으로 돌아가자 검은 간판의 고깃집이 눈에 띄었다.

그리고 맞은편…… 있다. 빨간 지붕의 주택.

문패에는『시미즈』라는 글자.

남은 힘을 쥐어짜 현관까지 달려가 인터폰을 누르려던 순간, 안에서 시미즈의 고성과 큰 소리가 들려오는 것을 깨달았다.

무슨 일이 일어나고 있는지 생각할 필요도 없었다.

곧바로 현관문에 손을 댔다. 문은 잠겨있지 않았다.

현관을 열고 고함이 들려오는 거실 쪽으로 달려갔다.
그리고 유키의 눈에 들어온 것은…… 예상하던, 최악의 광경이었다.
"하츠시로!!"
깨닫고 보니 유키는 그렇게 외치고 있었다.
"……유키, 씨?"
하츠시로는 창백한 얼굴로 바닥에 웅크리고 있었고, 그 몸을 시미즈가 밟고 있었다.
무슨 짓을 하고 있는지는 명백했다.
유키의 머리에 순간적으로 피가 몰렸다.
"시미즈, 당신…… 당장 그 발 치워."
"하아. 이것 참. 불법 침입은 범죄란다, 유키."
시미즈는 유키의 말대로 하츠시로에게 발을 떼고는 그렇게 말했다.
평소와 같은 생글거리며 웃는 얼굴이었다. 하지만 그 눈은, 조금 전 후지이의 말대로 전혀 웃고 있지 않았다.
당신한테만큼은 범죄니 뭐니 하는 말을 듣고 싶지 않아. 유키는 생각했다.
"유키 씨…… 어째서……."
"몇 번이나 말했잖아. 당연히 남친이니까 그렇지."
유키는 다정한 목소리로 그렇게 말하고는, 시미즈와 정면으로 마주했다.
"아~, 유키. 이건 우리 집 문제야. 남자 친구라고 해도 외부인인 자네가 간섭하면 좀 곤란한데 말이야…….”
저 자식……. 이런 마당에 아직도 실실 웃는 면상이라니.
유키는 어금니를 악물었다.
“……당신이 지금 무슨 짓을 하고 있는지는 아는 건가?”
하츠시로에게 말할 때와는 정반대의, 차갑게 쏘는 듯한 목소리로 그렇게 말했다.
하지만 시미즈는 표정 하나 바꾸지 않고 말했다.
“뭐냐고 물으면, 그거다…… 훈육.”
“훈육…… 이라고?”
“아아, 그렇고말고. 훈육이지. 부모에게 행선지도 알리지 않고 집을 나가서 두 달째 학교도 안 가고, 남자 집이나 굴러 들어간 못된 딸에게 훈육을 가한 거다. 앞으로 이런 일이 없도록 말이지. 이제 문제 될 건 없겠지?”
실종 신고도 안 한 부모가 지금 뭐라고 지껄이는 건가. 어차피 하츠시로를 학대한 게 탄로 날까 두려웠던 거겠지.
“그렇게 엉망이 될 때까지 때리는 게 교육? 웃기지 마.”
“이건 교육 방침이다. 말 안 듣는 아이를 가르치려면 이 정도는 되어야지. 시미즈가에서는 이게 맞는 거라고.”
전혀 움츠러든 기색도 없는 시미즈.
틀린 것 같다, 이 남자는.
자신의 아버지도 체벌을 꽤나 가하는 사람이었지만, 이 남자는 그 정도와 방향성이 전혀 달랐다.
말해도 소용없다고 판단한 유키가 입을 열었다.

"……어디 경찰 앞에서도 똑같이 말해보시지."

시미즈의 눈썹이 꿈틀거렸다.

그랬다. 유키가 이 현장을 발견한 시점에서 시미즈는 끝난 것이다. 아무리 궤변을 늘어놓아도, 이만큼이나 선명한 증거가 하츠시로의 몸에 새겨져 있으니 발뺌할 수 있을 리가 없었다.

시미즈가 후우, 하고 한숨을 내쉬었다.

단념한 건가? 생각했더니.

"신고한다고? 좋아. 하려면 해라."

"뭐라고……?"

도저히 궁지에 몰린 인간이라고는 생각되지 않는 그 태도에 인상을 찌푸리는 유키.

시미즈가 유키 쪽을 향해 걸어왔다.

느린 움직임이었지만, 키 180대 후반의 덩치 큰 어른이 다가오는 것은 상당한 압력을 느끼기엔 충분했다.

어느새 시미즈가 유키의 코앞까지 다가왔다.

그리고.

퍽, 하고 유키의 복부에 충격이 가해졌다.

"윽……."

시미즈가 무릎으로 유키의 배를 가차 없이 가격한 것이다.

"큿…… 악……."

내장이 비명을 지르고, 입에서 흐느낌이 새어 나왔다.

뭐 하는 거야, 라고 말하려고 했지만 횡격막에 경련이 일어나 말이 나오질 않았다.

그런 유키에게 시미즈는 또다시 오른손을 휘둘렀다.

우득, 뼈가 울리는 소리와 함께 이번에는 관자놀이에 충격이 느껴졌다.

유키가 웅크린 채 바닥에 쓰러졌다.

"유키 씨?! 그만, 그만 하세요, 아버지!!"

하츠시로의 비통한 외침이 방 안에 울려 퍼진다.

간신히 상체를 일으켜 시미즈 쪽을 보자, 눈에 피가 배어 시야가 일그러졌다.

아무래도 머리에서 피가 난 것 같았다.

피로 얼룩진 시야에 비친 것은 위에서 내려다보는 시미즈의 얼굴.

여전히 억지로 끌어올리고 있는 저 미소는, 사람으로서 소중한 무언가를 잃어버린 것처럼 보였다.

"그래, 그렇고말고. 신고하고 싶으면 얼마든지 해라. 그 대신 나는 세상에 이걸 공표하고, 학교 관계자들에게도 말할 거다. 내가 어떤 학대를 했는지, 그리고 너희들이 지난 두 달 동안 함께 산 것까지 말이야."

"그건……."

유키가 일순 말이 막힌 것을 본 시미즈가 뺨을 치켜 올리며 쏘아붙이듯이 말했다.

"괜찮겠나? 주변에 폐를 끼치게 되는 거라고. 특대생 자격증은 어쩔 거지? 학생끼리라고 해도 학교에서 집세를 지원해주는 집에서 두 달 동안 같이 살았다고 하면 위험하지 않겠나? 불순한 이성교제가 없었다고 해도 어른들은 믿지 않을 거다. 최악은 퇴학…… 그게 아니더라도 특대생이라는 조건에서는 제외되겠지. 게다가 코치인 내가 학대로 잡혀가면 당연히 야구부도 장기 활동 정지다. 자네의 소중한 친구인 후지이도 고시엔에는 갈 수 없게 되는 거지."

"후지이? 그 녀석은 딱히 그런 거에……."

"아, 못 들었나 보군. 후지이는 요즘 거의 매일같이 전체 하교 시간 직전까지 훈련하고 있거든."

후지이 녀석…… 그런 말은 한마디도 없었잖아.

"너는 장래의 꿈을 위해 지금까지 필사적으로 노력했고, 네 가장 친한 친구인 후지이도 야구를 열심히 하고 있다. 분명 고시엔을 목표로 하고 있겠지. 어쨌든 초등학교 때부터 계속 해왔던 좋아하는 야구니까 말이야. 그리고 너, 중요한 걸 잊고 있는 건 아니겠지?"

시미즈가 바닥에 주저앉아 있는 하츠시로의 팔을 잡고 강제로 끌어당겼다.

"코토리의 기분도 생각하는 게 어때? 자신이 학대를 받았다는 사실이 세상에 알려지면 자네랑 후지이에게 돌이킬 수 없는 폐를 끼치는 거라고. 이 녀석이 그런 걸 바랄 거라 생각하나? 그렇지, 코토리?"

그 말을 들은 하츠시로는 느리게 고개를 끄덕였다.

"그렇다면 부탁해야지. 유키한테 말이야."

"……유키……씨."

하츠시로는 잔뜩 쉰 목소리로 짜내듯이 말했다.

"와 주셔서, 감사해요……. 저는, 그것만으로도 기뻐요, 그 마음만으로도 충분하니까……."

"하츠시로……."

"유키 씨는 상냥하신 분이니까, 그러니까 더더욱 안 돼요……. 저는 괜찮아요. 줄곧 이래왔으니까……."

하츠시로는 상처투성이인 몸으로 떨면서도, 웃는 얼굴을 만들어 보였다.

"……의사, 정말 멋진 꿈이라고 생각해요. 계속 응원할게요."

마치 생의 마지막 인사처럼. 아니, 실제로도 앞으로 유키와 만나지 않을 생각으로 한 말일 것이다.

그래, 알고 있었다.

알고 있었다고. 하츠시로가 이런 아이라는 건.

분명 아버지인 시미즈도 그것을 알고 있기에 저렇게 태연한 것이다.

"그렇다잖나, 유키."

시미즈가 담배를 꺼내 불을 붙이고는 입에 물었다.

"냉정히 생각해라, 유키. 한 여자를 위해 이제껏 쌓아온 노력을 버리는 건 어리석은 짓이야. 여자는 코토리 말고도 세계에 몇십억 명이나 있다. 사랑을 하고 싶다면 코토리 같은 건 깔끔하게 잊고 새로운 상대를 찾으면 돼. 그게 현명한 삶의 방식이다."

"……그렇군. 시미즈, 당신의 말은 잘 들었어."

유키는 후, 하고 숨을 돌린 뒤 냉정한 목소리로 말했다.

"분명, 나는 의사가 되기 위해 그동안 노력했어. 하츠시로와 함께 지낸 두 달간의 일을 악의적으로 학교에 보고한다면 특대생으로는 있을 수 없겠지. 그럼 돈이 없는 나는 그 학교를 떠나야 할 테고."

"그래그래, 그 말대로. 열심히 해 온 것들이 쓸모없게 되는 거지."

"후지이 일도, 좀 기쁘긴 하네. 드디어 야구에 진심이 되다니, 분명 그 녀석은 대단한 선수가 될 거야. 진심으로 응원해주고 싶어."

"그렇지. 그 녀석은 재능이 있다. 자네도 부에 들어와 준다면 농담이 아니라 정말 고시엔을 노려볼 수도 있어. 그건 프로였던 내가 말하는 진심이니 믿어도 좋아."

"그래서…… 하츠시로가 자기 때문에 우리의 꿈을 망치는 걸 절대 바라지 않는다는 것도 알고 있어. 그런 애라, 나도 좋아하게 된 거니까."

"알아줬다니 다행이구나. 자, 그럼 돌아가라, 유키. 돌아가서 코토리 같은 건 잊어버리고 평소의 생활로 돌아가는 거다."

시미즈는 유키에게 더 이상 용건이 없다는 듯 하츠시로를 돌아보았다.

그 표정이 사악하게 일그러진다.

“자, 코토리. 계속하자꾸나. 아직 얘기는 안 끝났으니 말이야. 이번에는 특별히 더 엄한 벌을 내리마. 입을 열어. 앞으로 같은 실수를 하지 않도록 확실히 고통을 새겨주마.”

그렇게 말하며 시미즈는 물고 있던 담배를 손에 들었다.

그리고 하츠시로의 혀에 그 불을 가져가려고 했다.

그 순간.

“——우습게 보지 마, 망할 새끼야.”

빠악.

시미즈의 몸이 옆에서 가해진 충격으로 바닥을 굴렀다.

“그, 악. 무, 무슨…….”

갑작스러운 상황에 당황하는 시미즈.

유키는 그 모습을 내려다보며, 방금 시미즈를 힘껏 내리쳐서 욱신거리는 오른손을 꽉 쥐었다.

“하츠시로, 괜찮아?”

유키는 하츠시로 앞에 앉아 그 몸을 조심스레 일으켰다.

“……유키 씨. 어째……서.”

믿을 수 없다는 얼굴로 바라보는 하츠시로에게 유키가 말했다.

“몇 번이나 묻는 거야. 나는 네 남친이잖아?”

“이 새끼가…….”

시미즈가 비틀거리면서 몸을 일으키려고 했다.

그 표정엔 이제 가짜 미소마저 사라져 있었다. 증오로 흉측하게 일그러진 남자의 본성이 고스란히 드러난 얼굴이었다.

"유키 이 새끼, 뭔 짓을 하는 거야!! 모르는 건가? 내가 마음만 먹으면……."

그럼, 알고 있고 말고.

난 특대생 자격을 잃고 학교에 있을 수 없게 된다.

후지이는 모처럼 열심히 한 야구로 고시엔에 갈 길이 막히게 된다.

하츠시로는 그 죄책감에 시달릴 것이다.

하지만.

"그게 뭐 어쨌다고?"

유키가 그렇게 잘라 물었다.

"뭐……?!"

경악하는 시미즈. 하지만 그 이상으로 놀란 것은 하츠시로였다.

"아, 안 돼요, 유키 씨!"

"그런가? 의사 정도는 학교에 안 가도 어떻게든 될 수 있겠지. 검정고시 보면 돼. 나머지는 뭐, 야구부 다른 녀석들은 몰라도 후지이한테는 점보 파르페 사주면서 사과하면 되고. 용서해줄 때까지 끈질기게 말이야."

"그런……."

하츠시로가 고개를 저었다.

"안 돼요……. 유키 씨는 지금까지 열심히 해 오셨잖아요."

"그렇지. 그러니까 다시 열심히 하면 돼. 그걸로 하츠시로, 네가 이렇게 죄책감으로 괴로워할 것도 알고 있지만."

그래, 하츠시로에게 있어서 그건 무엇보다도 견디기 어려운 고통일지도 모른다. 아버지의 폭력보다도.

하지만.

유키는 히죽, 하고 입매를 일그러뜨렸다.

"그건 무시하기로 했어."

"……네?"

멍한 얼굴의 하츠시로.

오, 간만에 귀여운 표정을 본 것 같네.

"이제 이 부분에서 하츠시로를 배려하는 건 그만하려고. 네 그런 상냥함에 어울리려니 끝이 없어. 그래서 난, 내가 돕고 싶으니까 내 멋대로 널 돕기로 했어. 심지어 이미 시미즈 때려버렸고. 이젠 늦었으니까 그만 포기하고 내 도움을 받아."

"……."

너무 놀라 입을 다물 줄 모르는 하츠시로.

응, 내 여친은 이런 표정도 귀엽네.

"또 뭐였지? 아, 학대받은 게 세상에 공표되면 어쩌네 하던 거? 시집을 못 간다는 건가? 그럼 얘기는 간단하네."

유키는 하츠시로의 양손을 맞잡고 말했다.

"그때는 내가 신부로 받아줄게. 그래도 되겠어?"
"어, 아, 네. 저로 괜찮으시다면…… 이 아니라, 어엇."
"좋아, 그럼 다 해결됐다."
유키는 팔짱을 끼고 흠, 하는 소리를 내더니 하츠시로에게 씩 웃어 보였다.
"어때, 하츠시로. 이게 바로 멋대로 군다는 거야. 굉장하지?"
"유키 씨…… 당신은…… 정말, 항상……."
"웃기지 마, 이 새끼야!"
시미즈가 얻어맞은 오른쪽 뺨을 누르며 그렇게 외쳤다.
"웃기는 거 아닌데. 난 대체로 항상 진지해. 너무 진지해서 체육 수업 중에도 분위기 좀 읽으라고 할 정도로 모든 것에 진심인 남자야. 아까, 여자 따윈 많으니까 이 녀석 때문에 열심히 해 온 걸 희생하는 건 어리석다고 했었지."
알겠냐. 잘 들어라, 이 망할 새끼야.
"오히려 그 반대야. 삶의 방식이나 꿈에 도달할 방법은 얼마든지 있어. 하지만 말이야, 하츠시로는 한 명밖에 없다고. 얘를 만나서 잿빛이던 내 세계가 색칠됐어. 나는 얘가 만든 밥을 먹고, 자기 전에 같이 노닥거리지 않으면 기운을 낼 수가 없다고. 그러니까 바꾸는 건 불가능해."
당당하게 내뱉는 유키의 말에 시미즈는 초조함을 감추지 못한 것인지 머리를 벅벅 소리가 날 정도로 긁으며 하츠시로에게 눈을 돌렸다.

“글렀다. 여자 때문에 완전히 맛이 갔군. 대화가 안 돼. 야, 코토리! 네 입으로 말해줘라. 지금 하는 짓이 얼마나 민폐인지!”

유키가 하츠시로를 바라보았다. 몸이 떨리고 있었다. 아버지의 이런 분노가 담긴 명령에 하츠시로는 이제껏 한 번도 거역하지 못했을 것이다.

그래서, 유키는 분명한 목소리로 하츠시로에게 말을 걸었다.

“하츠시로. 몇 번이나 말했지만, 한 번만 더 말할게. 나는 네가 좀 더 멋대로 굴어줬으면 좋겠어. 되도록 맞춰줄 테니까. 알았지?”

하츠시로는 잠시 망설이는 표정을 지어 보이다가, 이내 꾹 눈을 감았다.

그리고 그 눈을 다시 떴을 땐, 굳은 결의의 빛이 그 안에 서려 있었다.

“……네, 유키 씨. 제 마음대로…… 해볼게요.”

하츠시로는 똑바로 시미즈의 눈을 응시했다.

문득 유키의 손에 익숙한 온기가 닿아왔다.

(……손을 잡고 있어도 될까요?)

(응, 물론이지.)

하츠시로는 크게 숨을 들이마셨다. 그리고 작게.

(……죄송해요. 어머니.)

그렇게 중얼거렸다.

"뭐 하는 거야! 빨리 입 열어!! 부모 말이 안 들려?!"
"싫어요!!"

하츠시로는 지금까지 중 가장 큰 소리로, 배 안쪽에서 내지르는 듯한 목소리로 그렇게 외쳤다.
"뭣!?"
"나는 당신이랑 같이 있고 싶지 않아요! 나를 좋아한다고 말해주고 소중히 대해주는 유키 씨와 함께 있고 싶어! 그러니 당신 말은 듣지 않을 거예요!"
집안에 울려 퍼질 정도로 분명하고 힘찬 목소리였다.
유키는 무심코 미소를 짓고 말았다.
이제야 들었다. 하츠시로의 진심을, 하츠시로의 입에서.
그리고 그 목소리에 마치 밀리기라도 한 것처럼, 시미즈의 몸이 휘청거렸다.
"……코토리. 너는…… 너까지."
"아니, 시미즈, 왜 그래?"
명백하게 이상했다.
방금까지의 서슬 퍼런 태도는 어디 가고, 거짓말처럼 온몸에서 생기가 빠진 듯한 모습이었다. 표정은 텅 비고 눈에선 초점이 사라져 있었다.
"아, 이봐, 어디 가는 거야!"
시미즈는 비틀거리는 발걸음 그대로 집을 나가 어딘가로 걸어가 버렸다.

"……."

"……."

시미즈가 나가고 잠시 동안 유키와 하츠시로는 아무 말 없이 그대로 있었다.

조금 전까지의 일이 마치 거짓말이었다는 듯이 조용했다.

그리고 하츠시로의 몸에서 힘이 쭉 빠졌다.

"하츠시로, 괜찮아?"

"네……, 괜찮아요. 힘이 좀 풀려서."

하츠시로는 기운이 쏙 빠진 듯한 모습이었다.

당연했다. 아까까지 시미즈에게 폭력을 당하고 있었으니까.

하지만, 그럼에도 표정은 이상하리만치 밝았다.

"유키 씨. 저…… 말했어요."

하츠시로는 뿌듯한 얼굴로 그렇게 말했다.

"그래."

"제대로 말했어요."

"그래."

"유키 씨가 있어서 힘낼 수 있었어요. 유키 씨가 반드시 곁에 있어 줄 거라고 생각해서, 말할 수 있었어요……."

그리고, 하츠시로는 거기서 잠시 말을 멈췄다.

그러자 그 눈동자에서 눈물이 흘러내렸다. 꽉 다문 입술에서 애써 무언가를 참고 있다는 것이 고스란히 전해졌다.

그것을 보고 유키는 다시 한번 실감했다.

그래, 하츠시로는 정말 열심히 했다. 겁먹은 마음을 떨쳐내려고, 있는 힘껏.

유키는 속에서 끓어오르는 충동을 더는 자제할 수 없었다.

"있지, 하츠시로. 처음 손을 잡으려다 못 잡았던 날에, 내가 했던 말 기억해?"

"……네?"

유키가 두 팔을 활짝 벌리더니, 하츠시로의 몸에 팔을 둘렀다.

그리고, 꼬옥.

상냥하게, 하지만 강하게. 껴안았다.

"유키…… 씨?"

"……무서웠을 텐데, 정말 애썼어."

"……웃."

하츠시로의 눈에서 굵은 눈물이 흘러내리고, 작은 흐느낌이 새어 나왔다.

"무서웠어어, 무서웠어요……."

"그래. 정말 대단해."

유키의 팔 안에서 떨리는 그 몸은 가냘팠지만, 부드럽고 상냥한 향이 나서 따스했다.

계속 이렇게 있고 싶다고 생각하며, 유키는 하츠시로가 울음을 그칠 때까지 그녀의 등을 상냥하게 어루만져 주었다.

한동안 울던 하츠시로가 이내 차분함을 되찾고는, 무언가를 깨달았다.

"……유키 씨도, 떨고 있는 거 아닌가요?"

"아, 들켰어? 사실 꽤 쫄았었거든."

이것저것 용감하게 내뱉어 놓고는 꼴사나운 모습이었다.

아니 그래도, 당연히 무섭잖아. 아무렇지도 않게 폭력을 휘두르는 어른에게 맞서는데. 시미즈 녀석은 은퇴했는데도 체격은 무식하게 크고.

그런 생각을 하고 있는데, 유키의 몸이 따스한 온기에 감싸였다.

하츠시로가 유키를 껴안아 준 것이었다.

"보답이에요. 무서웠을 텐데, 정말 애썼어요……."

아까 유키가 했던 것과 같은 말을 전해주었다.

……아니, 안 울 거거든. 아무리 그래도 이런 상황에서 엉엉 울기는 민망하다고.

아, 큰일 났다. 살짝 눈물이 났어.

빨리 떨어지지 않으면 울 것 같아…… 근데, 떨어지고 싶지 않다.

결국 하츠시로의 온기에 항복하고, 그녀의 품 안에서 조금 눈물을 보이고 만 유키였다.

◇

시미즈는 몽유병 환자 같은 모습으로 밤거리를 어슬렁거리고 있었다.

"……내 인생은 모든 게 잘 흘러가고 있었어."

초등학교 때부터 시작한 야구로 곧바로 재능을 꽃피웠다. 중, 고등학교에서 에이스 4번, 고시엔에서는 준우승까지 했다.

모두가 시미즈를 칭찬했다. 그대로 드래프트를 통해 2순위로 지명되어 도쿄의 팀에 입단하였고, 입단 1년 만에 1군에서 공을 던졌다.

그리고 아내인 하츠시로 쿠로하와 만나 결혼했다. 이듬해엔 아이도 태어났다. 딸이라서 하는 말이 아니라, 아내를 닮아 사랑스러운 아이였다.

모든 것이 갖춰져 있었다. 순풍에 돛을 단 것 같다는 말은 이런 거겠지.

모든 것이 시미즈의 뜻대로였다.

하지만 그건 어깨 부상과 함께 조금씩 무너져 가기 시작했다.

프로로 들어간 지 8년째, 어깨가 잘 올라가지 않게 되었다. 어떻게든 해보고자 무리하게 던졌더니 이번엔 팔꿈치와 고관절이 고장 났다.

어제까지 시미즈를 추켜세우기 바쁘던 언론과 팬, 코치

들은 눈 깜짝할 새 그를 거들떠보지도 않았다.

그리고 2년 후 전력 외 통보. 시미즈 본인도 이미 제대로 된 공을 던질 수 없다는 것을 알고 있었다.

하지만 이런 일은 프로 세계에선 흔한 일이었다. 자신에게는 계속 지지해준 아내와 사랑하는 딸이 있다. 분한 마음을 꾹 참고 세컨드 커리어도 힘내자.

그렇게 생각하던 때 일어난 사고였다. 아내의 시체를 보고 그저 정신없이 울던 것만 기억한다.

그래도 딸이 있으니 열심히 살아야 했다.

(……지켜봐 줘, 쿠로하. 나와 네 소중한 딸은 내가 꼭 지켜줄 테니까.)

새로운 일자리는 지방 식품 회사의 영업직이었다.

하지만 야구처럼 잘 풀리지는 않았다. 어떻게 해도 혼이 나고 주위에 머리를 숙여야 하는 매일. 돌아오면 육아와 집안일이 기다리고 있다. 뜻대로 되지 않았다. 얼마 전까지만 해도 모두가 동경하는 프로야구 선수였다는 게 거짓말 같았다. 결국 일은 오래지 않아 그만두고 말았다.

정신을 차리고 보니 시미즈는 모든 것을 잃은 상태였다.

그저 텅 빈 껍데기처럼 지내는 나날.

그러던 어느 날, 딸이 거실에서 긴 시간 동안 TV를 보는 모습을 보고, 엄마가 없으니 이런 부분에서는 자신이 신경을 써야겠다고 생각했다.

『놀지만 말고 공부를 해.』

그렇게 말했더니 딸아이는 곧바로 TV 보는 것을 그만두고, 그날부터 거의 집에 틀어박혀서 공부 이외의 일은 하지 않게 되었다.

어느 날은 설거지하기가 귀찮아진 적이 있었다.

『집안일 정도는 좀 거들지 그래?』

짜증 나는 마음에 그렇게 말하니 딸아이는 설거지뿐만 아니라, 집안일 전체를 도맡아 하게 되었다.

……그래.

이 녀석만큼은 아직, 내 뜻대로 움직이는구나.

그렇게 생각했더니 브레이크가 듣지 않게 되었다.

명령을 해도, 혼내도, 때리거나 걷어차도 딸아이는 불평 한마디 없이 시키는 말을 충실히 해 나갔다.

그래, 난 아직 사람 위에 서 있다.

그렇고말고. 당연하지 않은가.

왜냐면 내가 키웠으니까. 내가 번 돈으로 내가 먹여 살렸으니까. 내 뜻대로 움직이는 게 당연한 것이다.

하지만, 바로 조금 전.

『싫어요!!』

그런 딸에게, 거절당했다.

그 순간.

눈앞에 있는 소녀가 자신의 말을 잘 듣는 인형이 아니라, 인간으로 보이게 되었다.

한 명의 여자아이로. 죽은 아내에게 자신이 지켜 보이겠다고 맹세한, 소중한 딸로.

그런데도, 나는…….

아냐. 난 딸을 위해서. 아냐, 그게 아냐. 나는 자신을 위해서, 그 사람과의 소중한 딸을…….

깨닫고 보니 시미즈는 그 자리에서 도망치고 있었다.

"나는…… 나는, 지금까지 무슨 짓을……."

그때.

쿵, 하고 정면으로 사람과 부딪혔다.

"아프잖아, 이 자식아."

불량해 보이는 금발의 사내와 스킨헤드를 한 사내 2인조였다.

퍽, 하고 복부에 강한 충격이 느껴졌다. 아무래도 걷어차인 것 같았다.

"……큭."

시미즈는 고통에 무릎을 꿇고 몸을 웅크렸지만, 그런데도 가차 없이 두 사람의 폭력이 쏟아졌다.

아프다, 괴롭다……. 아아, 나는 이런 짓을 줄곧 그 아이에게 저질러 온 것인가?

"이봐, 아저씨. 대체 어딜 보고 걷는 거냐고."

금발에게 머리채를 잡혀 몸이 일으켜졌다.

"……."

"야, 말 안 할 거야?"

"뭐, 됐어. 일단 지갑이나 내놔. 그걸로 용서해줄 테니까."

"……어딜 보고 걷느냐, 라."

"뭐?"

"뭐라는 거야?"

"……정말 그렇군. 어디를 보고 걷고 있었던 걸까."

우득, 하고 시미즈의 오른 주먹이 금발 사내의 안면을 내리쳤다.

"……컥."

그가 코피를 쏟으며 무릎을 꿇었다.

"이, 이 자식. 무슨 짓…… 크헉!"

말이 끝나기도 전에 스킨헤드도 날려버렸다.

시미즈는 눈에 눈물이 고인 채로, 쓰러진 스킨헤드를 걷어찼다.

"어? 좀 알려달라고!!"

몇 번이고, 몇 번이고. 지금까지 딸아이에게 했던 것처럼.

"대체!! 나는은! 어디를 보고 걷고 있었던 거냐!!"

"이 새끼야아아아아!!"

몸을 일으킨 금발의 사내가 이쪽을 향해 달려왔다.

그 손에는 번쩍, 하고 은빛으로 빛나는 날카로운 칼이 쥐어져 있었다.

"죽어어어어어어어어어어!!"

붉은 선혈이 아스팔트 위로 튀었다.

◇

시미즈가 과잉방위로 체포되었다.

담당 변호사라는 사내로부터 시미즈의 집으로 전화가 걸려 온 것은 새벽녘이었다.

정확하진 않지만 지난 밤 길거리에서 두 명의 남자와 싸움이 있었다고 했다. 상대방 중 한 명이 칼을 들고 덤벼들어서 그대로 뒤엉킨 순간, 상대방 심장에 칼이 꽂혀 사망했다는 것이었다.

상대가 2인조인 데다 그쪽에서 먼저 시비를 걸어왔고, 무엇보다 칼을 꺼내 습격하려 했던 점을 감안해 형이 상당히 가벼워진 것 같았다. 하지만 사람이 죽었고, 시미즈 본인도 지나친 반격을 가했다고 인정한 탓에 실형 선고가 나올 수도 있다고 했다.

하츠시로는 일단 유키의 집으로 돌아가 하루를 보내고, 둘이서 함께 면회를 갔다.

"그래, 두 사람 다. 어젯밤은 잘 잤나?"

면회실 유리창 너머에 있는 시미즈의 모습은, 뭐라고 말해야 좋을까…… 마치 악귀가 걷힌 듯한 모습이었다.

겨우 두 밤이 지난 것인데도 몹시 초췌했다. 열 살 정도 나이가 들어 보이는 느낌이었다.

"시미즈, 당신……."

"하하하, 그런 동정하는 눈빛은 하지 말아라. 자업자득이다. 모든 게 다…….”

시미즈는 자조적인 웃음을 지어 보였다. 그 웃음은 자연스러웠고, 그 눈에서 얼마 전까지 느껴졌던 위화감은 들지 않았다.

정말 말 그대로 온화한 표정이었다.

시미즈는 목소리를 낮춰 유키와 하츠시로에게만 들릴 정도로 중얼거렸다.

(……안심해라. 너희들에 대해서는 아무것도 말하지 않았으니.)

“그건…… 뭐, 다행이네.”

“……아버지.”

유키의 옆에 있던 하츠시로가 걱정스러운 목소리로 그렇게 말했다.

“하하. 아버지인가. 괜찮아, 코토리. 나를 욕해도 된다.”

하츠시로는 고개를 저었다.

“아뇨. 아버지는 아버지예요. 그동안의 괴로움을 잊은 건 아니지만…… 저를 이때까지 키워준 소중한 사람이에요.”

“……코토리.”

“나오시면 같이 밥 먹어요. 그때 그 카레, 만들어서 기다리고 있을게요.”

그 말에 시미즈는 고개를 돌려 얼굴을 감쌌다.

그리고 몇 번 심호흡을 하더니 다시 하츠시로를 바라보았다.

"후우. 지나치게 상냥해. 그런 점은 엄마와 똑같구나."
그 눈가가 약간 젖은 것처럼 보이는 것은 착각이 아닐 것이다.
"그래도. 다음에는 제대로 먹도록 하마……."
"……네."
하츠시로는 그렇게 말하며 웃었다.
그 후, 잠시 동안 부녀간에 대화를 나누다가, 시계를 본 시미즈가 하츠시로에게 말했다.
"……그렇지, 미안하다 코토리. 유키와 둘이서 할 얘기가 있는데. 미안하지만 먼저 밖에 있어 주겠니?"
"아, 네. 알겠어요. 또 올게요."
"가끔이라도 괜찮아. 그보다는 스스로를 더 챙겨라."
"……싫어요. 적당히 자주 올 거예요."
그러면서 흥, 하고 콧소리를 내는 하츠시로.
시미즈는 그 모습에 놀라 그대로 굳어버렸다.
하츠시로는 감시원에게 인사를 하고는 그대로 방을 나갔다.
"……."
"시미즈. 언제까지 굳어있을 거야."
"아, 아니, 미안하다. 코토리가 저런 말을 할 줄이야……. 강하구나, 저 아이는."
"최고로 귀엽지? 내 여자 친구야."
"……하하하. 너희들에겐 정말 못 당하겠다."

시미즈는 그렇게 말하며 웃었다.

아, 이건 정말로 웃고 있는 거다. 제대로 웃고 있어.

나중에 그거, 하츠시로에게도 보여줘.

"그래서, 할 얘기는?"

"그래, 이걸."

그렇게 말하면서 넘겨준 것은 은행 통장이었다.

"프로였을 때 몇 곳에서 받았던 계약금을 넣어둔 계좌 중 하나다. 코토리가 신세를 졌으니 그 몫이다."

"이런 걸 받아도 난 하츠시로와 달리 용서하지 않을 거다."

"용서를 받을 거였다면 코토리 앞에서 줬겠지, 그렇게 하면 너도 나를 비난하기 힘들었을 테니까. 그보다는, 코토리 녀석이 너무 쉽게 용서해줘서 마음이 불편해. 그러니 부디 자네는 나를 원망해 주게나."

"……그래."

유키가 통장 안을 확인했다.

"……잠깐. 이거 자릿수가 좀 이상한데? 아무리 그래도 이건……."

"과분한가? 그렇다면 코토리에게 무슨 일이 있을 때 사용해주면 좋겠다. 참고로 비밀번호는 1111이야."

"지나치게 허술한 거 아닌가. 너무 적당히 지었잖아."

"그런 의미로 한 게 아니라……."

그럼 무슨 의미냐? 라는 시선으로 고개를 갸우뚱하는 유키에게 시미즈가 말했다.

"11월 11일, 쿠로하의…… 코토리 모친의 생일이다."

자조하듯이 웃으며 시미즈가 말했다.

"이런 건 딱히 바꿔도 상관없었겠지만 말이야. 그냥, 응. 어쩐지. 바꾸고 싶지 않았거든."

"……저기, 시미즈. 여자 따윈 얼마든지 있다고. 한 명한테 구애되는 놈은 어리석다고, 본인에게는 말 안 한 거야?"

시미즈가 하츠시로의 모친을 잃었을 때는 아직 스물여덟. 은퇴했다고는 해도 충분한 자금도 있었고, 새로운 상대를 찾으려면 얼마든지 찾을 수 있었을 것이다.

"글쎄……. 기억 안 나는군."

"그래……. 뭐, 고맙게 받아둘게."

유키가 통장을 주머니에 넣었다.

마침 그때, 감시원이 시간이 다 되었다고 말해 와서 유키는 자리에서 일어났다.

"유키, 이런 말을 내가 할 자격은 없겠지만."

시미즈는 마지막으로 깊이 고개를 숙여 보이며 이렇게 말했다.

"코토리를…… 잘 부탁한다."

"그래, 맡겨둬. 당신도 몸조심해."

◇

"아버지랑 무슨 얘기 했어요?"

돌아오는 길, 걷고 있던 하츠시로가 그렇게 물었다.

"음? 아~ 그냥 남자들의 얘기."

"후후, 그게 뭐예요."

하츠시로가 그렇게 말하며 쿡쿡 웃었다.

"……."

그러나 그 미소는 어딘가 어두웠다.

"저기, 하츠시로. 시미즈가 잡혀간 걸 걱정하는 거야? 자기 탓인 건가 싶어서?"

"그건…… 네, 조금."

"그렇지 않아, 라고 해도 쉽게 편해질 문제는 아니겠지."

유키도 후지이에게 빚이 있었다. 나중에 죽어라 사과할 생각이다.

"그러게요……. 이건, 성격 같은 거니까요."

하츠시로가 거기서 걸음을 멈췄다.

"저기, 유키 씨. 어제 어머니에 대한 얘기를 드렸었죠."

"아아."

어제 하루 동안, 유키는 하츠시로에게 과거의 일을 전해 들었다.

"저는 제가 멋대로 구는 바람에 어머니가 돌아가신 그날부터, 어머니를 대신해서 아버지를 도와드리려고 했어요. 저로 인해 빼앗긴 행복을 되찾아드리고 싶었어요. 하지만 결국 이렇게 되고 말아서…….”

하츠시로의 표정은 금방이라도 울 것 같았다.

정말…… 시미즈의 말대로다. 지나치게 상냥해서 걱정이 될 정도다.

유키가 두 팔을 벌려 하츠시로를 껴안았다.

바로 얼마 전에 그랬던 것처럼, 상냥하게, 하지만 확실히.

“하츠시로. 내가 있잖아.”

“……유키 씨.”

“내가 널 행복하게 해줄게. 앞으로도 날 행복하게 해 줘.”

“……네.”

하츠시로도 유키의 몸에 팔을 감은 채 서로 꼭 껴안았다.

보드라운 온기가 두 사람을 감쌌다. 하츠시로는 유키의 가슴에 얼굴을 묻으며 말했다.

“살아가는 의미…… 확실히 찾았어요.”

“그래…… 그렇다면 다행이다…….”

유키가 상냥한 목소리로 말했다.

“그래도 말이야, 나만을 위해서 살지 말고…… 이제부터는 여러 가지 즐거운 일들을 같이 찾아보자.”

그래. 하츠시로의 인생은 이제 시작이다. 어머니를 대신해서 사는 것이 아니라, 자신의 의지로 자신이 하고 싶은 일을 선택할 수 있다. 그런 당연한 인생이, 이제부터 시작되는 것이다.

"네. 하지만, 혼자면 불안하니까 유키 씨도 함께 있어 주실래요?"
"그래, 당연하지. 나도 네가 없는 건 싫으니까."

면회다
……시미즈
……아버지
스윽
그래, 두 사람 다
어젯밤은 잘 잤나?
……아아

에필로그 잿빛 소년과 그녀

유스케는 평소와 같이 자명종이 울리기 조금 전에 눈을 떴다.

평소와 같이 아직 울리지 않은 채 침묵하고 있는 자명종을 끈 뒤 교복으로 갈아입고 아침 식사를 한다.

아침은 얼마 전에 사 둔 편의점 주먹밥과 야채 주스로 때웠다. 이것도 평소와 같은 일이다. 잘 먹겠습니다도, 잘 먹었습니다도 말하지 않는다.

그리고 전날 중에 책가방에 넣어둔 오늘 사용할 책과 필기구를 챙겨 들고 집을 나선다.

다녀오겠습니다도 말하지 않는다. 말할 상대도 없고 필요도 없다.

오늘도 어김없이 의사가 되겠다는 꿈을 향해 묵묵히 공부한다. 그뿐이다.

유키는 통학로를 걷기 시작했다.

"——라는 그리운 꿈을 꿨어."

유키는 아침을 먹으며 그렇게 말했다.

시미즈 사건으로부터 한 달이 지났다.

여름방학도 끝나고, 오늘부터는 새 학기였다.

"그렇군요…… 저와 만나기 전의 유키 씨인가요?"

코토리가 식탁 맞은편에서 생선구이를 깔끔하게 발라 먹으며 물었다.

한 달 전 시미즈에게 받은 상처는 완전히 아물고, 흉터도 남지 않았다.

그리고, 그런 코토리가 입고 있는 것은 유키의 학교 교복이었다.

그 후, 시미즈의 오랜 친구였던 교장님이 여러 가지로 도움을 주셨다. 교장님은 코토리에게 그의 곁에 있었는데도 알아주지 못해 미안하다고 사과하셨다. 그리고 하는 김에 이미 좋지 않은 소문이 돌고 있는 지금의 여고에서 우리 학교로 전학을 오지 않겠느냐고 제안했다.

코토리는 그 제안을 받아들여 시험에 합격하였고, 유키와 같은 학교에서 한 살 아래 후배로 다니게 된 것이다.

"응, 그 무기질적인 느낌이라고 할까…… 겨우 3개월 전 일인데, 꽤 그립게 느껴지네."

"무기질이요?"

"그래. 뭔가, 사는 보람이 없다고 해야 하나. 목표만 있고 거기를 향해 묵묵히 행동하기만 하는 기계 같은 느낌이었어. 그랬는데 이제는, 이렇게 코토리와 함께, 코토리가 만들어준 아침을 먹으니까 사는 보람이 있네."

참고로 코토리가 살고 있는 곳은 유키와 같은 아파트. 바로 옆집이었다.

그래서 이렇게 둘이 함께 아침 식사를 하고 있는 것이다. 저녁밥도, 자기 전에 손을 잡고 함께하는 시간도. 이제 같이 잠들지는 않았지만, 그 이외에는 거의 함께 살았을 때와 똑같다.

"그거 말고도, 아침마다 코토리에게 좋은 아침이라는 인사를 듣거나, 돌아오면 다녀왔다고 말하는 거나, 함께 걷는 거, 자기 전에 손을 잡고 함께 보내는 것도."

"사는 보람이 너무 많은 거 아닌가요?"

"코토리에 관한 거라면 전부가 사는 보람이라고."

"……."

……훗, 성공이군.

유키는 마음속으로 그렇게 생각했다.

코토리와 사귀기 시작한 지 3개월. 드디어 다소 오글거리는 대사도 진지하게, 아니, 조금 부끄럽긴 해도 노골적으로 긴장하지 않을 정도로는 쓸 수 있게 되었다.

자, 코토리. 사랑스럽게 부끄러워하도록.

……라고 생각했는데, 코토리는 유키의 눈앞에 있는 손수 만든 우유푸딩이 든 컵을 들고는, 손에 든 스푼으로 한 술 떠서 유키의 눈앞에 내밀었다.

"자. 유키 씨."

"……뭐야, 코토리?"

"기쁜 말을 해주셨으니, 먹여드리고 싶어서요."

……뭐, 라고?

먹여준다. 그러고 보니 한 번도 하지 않았던 것이다.
"안 하실 건가요?"
코토리가 고개를 살짝 갸웃했다.
……귀엽잖아, 이 녀석.
"할래."
"그럼, 자. 아~."
유키는 입을 벌리고, 코토리의 스푼에 담긴 푸딩을 먹었다.
여전히 너무 달지 않은 깔끔한 맛이 절묘했다. 지금은 다른 의미로 달콤함이 굉장한 것 같은 기분이 들지만.
"맛있나요?"
아 진짜, 당연하지. 맛있고 행복하다, 이 녀석아.
유키는 얼굴을 붉힌 채 입을 오물오물 움직였다.
"후후. 맛있게 먹어줘서 고마워요."
코토리가 그 모습을 보고 쿡쿡 웃었다.
"그럼 슬슬 정리하고 학교 갈 준비해요, 유키 씨."
그렇게 말하고 일어나는 코토리.
으음. 코토리를 부끄럽게 하려고 하다가 도리어 당하고 말았다.
분하군…… 다음엔 기필코…… 응?
"너, 귀 빨간 거 아냐?"
"무, 무슨 말인가요?"
그렇게 말하고 유키에게 몸을 돌린 채 양손으로 귀를 가리려고 한다.

"……너도 부끄러웠지? 이리 돌아봐."

"……으."

그렇게 말하며 몸을 돌린 코토리의 부루퉁한 얼굴은 유키 못지않게 새빨갛게 익어 있었다.

"좋아, 그렇다면 나도 직접 먹여주지."

"아, 네~ 그릇 치울게요~."

"아, 이 녀석, 도망가지 마, 코토리."

(……아, 행복하다.)

이것이 유키의 새로운 일상이었다.

별것 아닌 것들을 코토리와 둘이서 함께하는 매일.

유키는 생각했다.

혼자 지냈을 땐 준비를 끝내고 나갈 뿐이던 아침 시간이 이렇게나 즐거울 수도 있나, 라고.

그날, 코토리와 만나기 며칠 전. 이유 없이 강렬하게 여자 친구를 원했다. 그것은 어쩌면, 이런 따스함을 무의식중에 찾고 있던 걸지도 모른다. 최근에는 그렇게 생각하게 되었다.

"어? 저건, 그 편지인가요?"

유키가 정리해 놓은 식기를 부엌으로 가져가려던 코토리가 식탁 위에 놓인 분홍색 편지지와 봉투를 보며 말했다. 확실하게 유키의 취향과는 거리가 먼 색조였다.

"응? 아, 이거?"

유키가 편지지를 봉투 안에 넣으면서 말했다.
"뭐, 정기보고라는 녀석이지."

◇

그로부터 며칠 후.
유키의 친가에 있는 그의 어머니에게 아들의 편지가 도착했다.
한 달에 한 번, 이 편지지에 자세한 근황 보고를 써 보낼 것.
이것이 유키가 친정을 떠날 때 어머니가 내건 조건이었다.
지금까지는 유키답게 사무적인 성적이나 컨디션, 저축액 추이 등을 적은 근황 보고가 자세히 적혀있을 뿐이어서 유키의 어머니는 "이런 걸 말하는 게 아니야"라면서 질린 얼굴을 했었다.
하지만 그날의 편지는 평소와는 느낌도, 말투도 전혀 달랐다.
그 편지는 이런 문구로 시작했다.
『어머니께.
여친이 생겼어.
여친이 생겼다고.
최고의 여친이야.』

거기서부터는 그 여자 친구가 얼마나 최고인가를 오로지 A4용지 한 장 가득 적어놓았기에 편지를 읽은 어머니는 온몸이 배배 꼬일 정도로 괴로움에 몸서리쳐야 했다.

살다 살다 별 모습을 다 보네. 아들, 나를 몸서리치게 하다니 성장했구나.

그런 것을 생각한 여름의 한때였다.

특별편 코토리의 비밀스러운 혼자만의 시간

하츠시로 코토리…… 아니, 시미즈 코토리는 학교에서 돌아오는 길을 유키와 함께 걷고 있었다.

“코토리, 그럼 이따 우리 집에서 보자.”

“네. 얼마 전에 맛있다고 하신 오이절임, 또 만들었으니 가져갈게요.”

“오, 돌아오는 게 더 기대되겠는걸. 그럼 오늘도 코토리 요리를 맛있게 먹기 위해 힘내서 다녀올게.”

그렇게 말한 유키는 집과는 다른 방향으로 걸어갔다.

그 뒷모습을 자세히 보니, 기쁜 것인지 작게 폴짝거리고 있었다.

“……정말, 유키 씨도 참.”

흔히 남편들이 “아내가 있어서 힘낼 수 있다” 같은 말을 하는데, 사실 코토리는 그것이 대체로 빈말이지 않을까 생각해왔다.

하지만 자신의 남자 친구를 보고 마음을 바꿨다.

아, 이 사람은 정말 내가 해줄 요리를 기대하고 있구나, 하고.

이렇게까지 자신을 필요로 해주다니…….

코토리는 이제까지 줄곧 어머니 대신, 지금은 다시 제자리를 찾고 계신 아버지를 모시기 위해 애써왔다.

(하지만, 저는 역시 어머니를 대신할 수는 없었어요…….)

결국 한 번도 아버지가 진심으로 웃는 얼굴을 볼 수 없었다.

그래서 자신이 무언가를 했을 때 진심으로 기뻐하는 유키를 보는 것이 정말로 좋았다.

……그런 생각을 하면서 걷고 있으니 자신과 유키가 사는 아파트 앞에 도착했다.

가방 안을 더듬었다.

코토리는 두 개의 열쇠를 갖고 있다.

그중 하나는 자신의 집 열쇠.

코토리는 그것을 사용해 현관문을 열고 학교 짐을 내려놓은 뒤 바로 집을 나섰다.

한 달 정도 전부터 살기 시작한 곳이지만 솔직히 말해 거의 밤에 잠을 자거나 짐을 보관하는 용도로만 쓰였다.

자신이 대부분의 시간을 보내는 곳은, 또 하나의 열쇠로 들어갈 수 있는 집이었다.

그것은 당연하게도 유키 집의 여벌 열쇠.

코토리는 익숙하게 현관을 열고 유키의 집으로 들어갔다.

학교 지정 구두를 벗어 가지런히 정리해두고, 거실 끝에 놓인 밀대로 방 전체를 청소했다. 동시에 선반 위나 창문 가장자리 등 먼지가 쌓일 만한 곳을 걸레로 닦았다. 매일

하고 있으니 가볍게만 해도 충분히 깔끔해졌다.

그리고 화장실과 목욕탕의 배수구도 꼼꼼하게 청소했다.

소소한 작업이지만 코토리는 이런 자질구레한 작업을 비교적 좋아하는 편이었다.

무엇보다도, 유키는 지금 땀 흘리며 열심히 생활비를 벌고 있다. 이런 정도의 일로 힘들어서야 그를 볼 면목이 없는 것이다.

"……게다가."

코토리는 유키가 전에 욕조에 들어갈 때 "항상 반짝반짝해서 기분이 좋네"라고 말하며, 손가락으로 뽀득뽀득 소리를 내며 즐거워했던 것을 기억했다.

저절로 입꼬리가 느슨해졌다.

응……. 이걸로 그 사람이 기분 좋게 지낼 수 있다면 아무것도 아니지, 라고 생각했다.

"응, 이걸로 끝."

30분 정도 지나 코토리는 대강의 청소를 끝냈다.

코토리는 막 청소가 끝난 욕조에 물을 채우고는, 그대로 교복을 벗고 목욕을 하며 오늘 하루의 더러움을 씻어냈다.

"……후우."

잠시 한숨을 돌린다.

코토리는 목욕을 좋아했다.

밀폐된 공간에서 홀로 여유로운 시간을 보내고 있노라면 뭐라 말할 수 없는 안정감이 찾아왔다. 엄격한 아버지였지만, 목욕을 할 때만큼은 아무런 간섭도 하지 않아서 그런 것일지도 모른다.

참고로 이 아파트는 화장실과 목욕탕이 나뉘어 있었다.

기본적으로는 잠만 자면 아무래도 상관없다는 생각에 이곳을 고른 유키였지만, 유일하게 고집했던 것이 이 분리된 목욕탕과 화장실이었다.

이것 덕분에 학교에서 조금 멀고, 집세도 조금 더 비싸졌지만(애초에 집세는 학교에서 지원이 되기 때문에 자금 사정에 무리는 없지만), 그래도 코토리는 좋은 선택이라고 생각했다.

이런 일상과 분리된 것 같은 특별한 안심감은, 화장실과 같은 공간에 있는 욕조에서는 쉽사리 느끼기 어려웠다.

(읏챠…….)

몸이 충분히 데워진 것을 확인하고 욕조에서 나와, 바디워시를 손 위에 얹은 뒤 겨드랑이 아래부터 몸을 씻기 시작했다.

보통 여자아이는 욕실에 다양한 미용용품들이 작은 병으로 줄지어 있기도 했지만, 코토리는 유키와 같은 바디워시와 린스, 샴푸를 사용할 뿐이었다.

오타니가 이것저것 쓰고 있기에 자신도 쓰는 게 좋을지 물어보았지만.

『평소에 열심히 운동하는 사람에게 다이어트 식품이 필요 없듯이, 너처럼 일식 외에는 일체의 불량식품을 먹지 않는 아이에게 이런 꾸밈은 필요 없다고 생각해. 자외선 관리만 해둬.』

그런 말을 들었기에 그대로 따르는 중이었다.

대충 몸을 씻고 샤워를 마친 뒤 욕실에서 나왔다.

수건으로 몸을 닦고 실내복으로 갈아입었다.

……이것으로, 코토리가 돌아오고 나서 해야 할 일이 대충 마무리되었다.

남은 건 유키가 돌아오기 1시간 정도 전에 저녁 식사 준비를 시작하는 것뿐이었다. 그때까진 아직 3시간 남짓 남았다.

"그럼……."

사실, 여기서부터가 시미즈 코토리라는 한 명의 소녀가 은밀하게 기대하고 있는 시간이었다. 남자 친구인 유키에게도 이 사실은 비밀이다.

그 즐거움이란 바로…….

"……에잇!"

풀썩, 하고 코토리는 평소 유키가 자던 침대에 몸을 파묻었다.

"킁킁, 하아아……."

베개에 밴 유키의 냄새를 들이마시며 한숨을 내쉬었다.

코토리의 은밀한 즐거움이란 바로 유키가 평소 자고 있는 침대에서 유키의 냄새를 맡으며 잠드는 것이었다.

"음—, 음—."

코토리는 유키의 냄새가 배인 베개를 가슴에 끌어안고 데굴데굴 굴렀다.

그리고, 역시 유키가 평소 사용하고 있는 이불을 머리까지 덮었다.

약간의 땀 냄새가 나는 것 같으면서도 남자답고 안심되는 향기가 온몸을 감쌌다.

“흐냐…….”

사람의 말이라고 할 수 없는 괴상한 소리가 코토리의 입에서 새어 나왔다.

마치 유키 본인에게 안겨있는 것 같아서 굉장히 안심이 됐다. 오늘 하루의 피로가 사르르 이불 속에서 녹아내리는 것 같았다.

그리고 물론 안심뿐만이 아니라, 자신을 감싸고 있는 것은 정말 좋아하는 남자 친구의 냄새였기에.

“……읏.”

다시 말해, 그러니까 좀 답답한 마음도 드는 것이었다.

허벅지로 유키의 이불을 꼭 감싸 안았다.

“……으읍.”

약간은 요염한 한숨이 새어 나왔다.

“……역시, 이건, 굉장한 변태 같아요.”

같다기 보다, 만약 남자 친구 것이 아니었다면 그냥 변태였다.

“하지만 이것만큼은, 도저히 그만둘 수가 없어요…….”

안도감, 탈력감, 답답한 느낌과 여러 가지 좋은 기분들이 뒤섞여 자신 안에 쌓인 피로가 씻겨 내려가는 듯한…… 이 순간이 코토리에겐 무엇과도 바꿀 수 없는 치유의 시간이었다.

무엇보다 유키의 냄새에 싸여있으니 서로 끌어안고 있는 것 같아 참기 힘들었다.

"또 꼬옥 안아줬으면 좋겠다……."

유키에게 안긴 것은 이제 겨우 두 번뿐. 아버지를 면회한 날 이후 아직 포옹을 한 적이 없었다.

자신이 직접 말하는…… 것도 중요하다는 건 알고 있다.

그래도, 자신의 제멋대로인 마음이지만, 유키 쪽에서 먼저 원해주었으면 하는 마음이 아무래도 있는 것이다.

아마도, 그렇게 원해주는 편이…… 단순하게 기쁘다. 여자로서.

이대로라면 아마 참지 못하고 자신이 말하게 될 것 같지만…….

"……안기는 것뿐만 아니라…… 그다음도…… 유키 씨라면 저는……."

언젠가 그렇게 되었을 때를 떠올리는 것만으로도 마음이 따뜻해지고 행복한 기분이 들었다.

그런 생각을 하고 있으니 기분 좋은 졸음이 쏟아졌다.

코토리는 침대에 놓인 자명종 알람을 유키가 돌아오기 한 시간 전에 맞추고는 다시 한번 이불을 푹 뒤집어쓰고 베개를 껴안았다.

그리고 남자 친구의 다정한 냄새와 따스함에 감싸여 언젠가 찾아올 그런 날을 꿈꾸며 천천히 눈을 감았다.

후기

독자 여러분. 처음 뵙겠습니다, 키시마 키라쿠입니다.

"뛰어내리려는 여고생을 구해주면 어떻게 될까?"를 손에 들어주셔서 감사합니다.

본 작품은 원래 유튜브 채널인 '만화 엔젤네코오카'의 영상을 소설로 만든 것입니다. 만화 엔젤네코오카에는 그 밖에도 마음이 따뜻해지는 연애물이 많으니 괜찮다면 꼭 봐주시길 바랍니다.

그리고 본 작품이 이렇게 책으로 발매되기까지 많은 과정을 거쳤습니다. 많은 분의 협력으로 책이 만들어질 수 있었습니다.

웹 게재 시절부터 응원해주셨던 분들, 만화 엔젤네코오카의 팬분들, 출판해주신 스니커 문고 님, 고집 센 키시마의 이야기를 잘 받아주신 편집자 미야카와 나츠키 님, 아낌없이 제작에 협조해주신 미카와 고스트 선생님과 만화 엔젤네코오카 운영진 분들.

만화로 항상 너무나 귀여운 하츠시로를 그려주시는 신(神) 일러스트레이터 '라탄' 씨. 아름다운 표지 그림을 그려주시고 여러 번의 리테이크에도 연신 장인정신으로 보답해주신 쿠로 나마코 씨.

저를 작가로 이끌어주신 스승님. 이런저런 상담과 푸념, 자랑을 늘 들어주시는 "키시마 키라쿠 창작 클럽" 분들.

부모의 맹렬한 반대를 뿌리치고 "나는 소설가가 되겠어!"라고 호언장담하며 직장을 그만두고 상경할 때 슬그머니 십만 엔을 건네주신 할머니.

이렇게 최고로 즐거운 창작의 기회를 주신 네코오카 님.

그리고 "아~ 러브 코미디는 어떻게 써야하나."라고 머리를 싸매고 있던 키시마 앞에 어느 날 갑자기 찾아온 최고의 주인공 유키 유스케와, 최고의 여주인공 하츠시로 코토리.

모두, 모두, 모두. 정말 감사합니다!

덕분에 작가로서의 큰 목표였던『따뜻하고 행복한 작품』을 낼 수 있었습니다.

앞으로도 한 자 한 자에 혼을 담아, 키시마가 보여줄 수 있는 최고의 이야기로 보답하고 싶습니다. 앞으로도 함께 해주신다면 감사하겠습니다.

뛰내여 발매 축하드립니다!
하츠시로 씨가 너무 귀여워서
히죽거리면서 그렸습니다……
하츠시로 씨, 유키 씨,
오래도록 행복하시길……!!

뛰내여』
잘 부탁드립니다!
하츠시로가
행복해졌으면
좋겠어요……!
Ratan

뛰어내리려는 여고생을 구해주면 어떻게 될까? 1

2023년 8월 15일 1판 2쇄 발행

저 자 키시마 키라쿠
일러스트 쿠로 나마코
옮 긴 이 이소정
발 행 인 유재옥
본 부 장 조병권
편 집 1 팀 김준균 김혜연
편 집 2 팀 박치우 정영길 정지원 조찬희
편 집 3 팀 오준영 이해빈 이소의
편 집 4 팀 전태영 박소연
라이츠담당 김정미 맹미영 이윤서
디 지 털 김지연 박상섭 윤희진
미 술 김보라 박민솔
발 행 처 ㈜소미미디어
인쇄제작처 ㈜코리아피엔피
등 록 제2015-000008호
주 소 서울시 마포구 토정로222, 403호 (신수동, 한국출판콘텐츠센터)
판 매 ㈜소미미디어
마 케 팅 박종욱
영 업 최원석 최정연 박수진
물 류 백철기 허석용
전 화 (02)567-3388, Fax (02)322-7665

ISBN 979-11-384-3585-7
ISBN 979-11-384-3584-0(세트)